经典写作课

呼吸写作

体 现 内 心 真 实 的 声 音

Writing begins with the breath
Embodying Your Authentic Voice

〔美〕拉雷恩·赫林　著

Laraine herring

谢静雯　译

人民文学出版社
PEOPLE'S LITERATURE PUBLISHING HOUSE

著作权合同登记号　图字 01-2019-1259

Laraine Herring
WRITING BEGINS WITH THE BREATH: Embodying Your Authentic Voice
Copyright © 2007 by Laraine Herring
Published by arrangement with Shambhala Publications, Inc.
4720 Walnut Street ♯ 106 Boulder, CO 80301, USA, www. shambhala. com
through Bardon-Chinese Media Agency
Simplified Chinese translation copyright © 2021 by Shanghai
99 Readers' Culture Co. , Ltd.
All rights reserved.

图书在版编目(CIP)数据

呼吸写作:体现内心真实的声音/(美)拉雷恩·
赫林著;谢静雯译. —北京:人民文学出版社,2021
(经典写作课)
ISBN 978－7－02－015563－7

Ⅰ.①呼…　Ⅱ.①拉…　②谢…　Ⅲ.①散文集-美国
-现代　Ⅳ.①I712.65

中国版本图书馆 CIP 数据核字(2019)第 263084 号

责任编辑　甘　慧　欧雪勤
装帧设计　高静芳

出版发行　人民文学出版社
社　　址　北京市朝内大街 166 号
邮政编码　100705

印　　制　上海盛通时代印刷有限公司
经　　销　全国新华书店等

字　　数　136 千字
开　　本　889 毫米×1194 毫米　1/32
印　　张　7
插　　页　2
版　　次　2021 年 5 月北京第 1 版
印　　次　2021 年 5 月第 1 次印刷

书　　号　978-7-02-015563-7
定　　价　45.00 元

如有印装质量问题,请与本社图书销售中心调换。电话:010－65233595

目录

前言：寻求者、被寻求的，以及介于中间的空间

> 音乐家一定要做音乐，画家一定要画画，诗人
> 一定要写作——如果他们最终想与自己和平共处的
> 话。人能够成为什么样，就一定要成为什么样的。
> ——亚伯拉罕·马斯洛（Abraham Maslow，
> 美国心理学家）

二〇〇三年冬天，我入选俄勒冈海岸为期三周的独居驻地作家计划。活动小册上说，虽然那栋木屋很"现代化"，但驻地者应该会对独居荒野觉得自在。小屋备有电力、炉灶和淋浴间。暖气来自木造火炉，搭配了三页单行空格的操作指示。我可以按照指示操作，我想不到会有什么问题。我从一九八一年就住在菲尼克斯，一心渴望接触水、冷天气和云朵。

我在十二月二十一日抵达时艳阳高照，眼前绿意色调的多样化超过我的想象。土地如此潮湿，靴子一踩上去就往下陷落，我从未踏过如此柔软的地毯。湿气加上腐化中的木头和落叶，这种陌生的气味唤醒我内心某种原始的什么东西。虫子住在树木残根里，就从小屋旁边流过的索普斯通溪里还有鲑鱼在游动。冬日奔流的溪水比电视杂音还响亮。自一九八〇年以来，在我

迁往菲尼克斯以前，我就没见过流动的活水了。

很难解释住在菲尼克斯是什么景况。不少人为了天气搬到那里。的确，你不用去铲屋顶上的积雪，但你很快会发现自己一年中有八个月的时间被困在有空调设备的房子或车子里。你会发现自己要购买价格不菲的特殊窗帘，以便将阳光挡在屋外。你会在亮晃晃的阳光里创造自己的冬眠巢穴。尽管菲尼克斯的天气给人不少压迫感，但是你永远不必担心天气会有太大的变化。人人都知道那里阳光充足又炎热，而只有其中四个月阳光依旧充沛，但不那么炎热。天气——也就是大地的情绪——对菲尼克斯人来说并不是影响生活的因素之一。

我到达俄勒冈的第三天，沿岸地带就开始下雪。头三天里从天而降的、在桥下奔流的、在大海涌起的水，比我过去二十四年来所见过的都还多。水真是不可思议，就像我钟爱的火一样，威力十足却拥有沉静的耐力，足以雕岩刻石。当地人告诉我，雪不久就会停。他们跟我说："这里从来不下雪的！"雪景起初很美，我有信心雪很快就会停，因为我打算去波特兰几趟，到"鲍威尔书城"朝圣——那是美国规模最大的二手书店。

我计划去波特兰的那天还在下雪，树林里悬着某种陌生的宁静。到波特兰以前，我先得穿过两个山间隘口，我后来才知道那里叫作"雪区"。我不觉得会有什么问题。到波特兰的路程才七十二英里，而且波特兰从来不下雪。即使落雪纷纷，我还是决定要去，因为那是我原本就计划好要去的日子，而在过去，天气从不曾影响过我做任何决定。我装好咖啡，带上手机，查好到鲍威尔书城的网络地图。在往车子走去时，我在结冰的台阶上滑了一跤，这是三天以来的第三回。我的脑袋往前，双脚打滑，再次跌了一跤，使我不得不想起自己之所以能行走在土地上，仰仗的是土地赐予的恩宠，而非自我的意志力。

　　租来的小车整个冻住了。我站在车子前方，戴着手套的手尴尬地握着咖啡随行杯，仿佛可以凭借意志力让车锁上的冰融化似的。我从没遇到过这种事。我之前一定以为雪会以某种方式落在我租来的车子周围，让我开起车来不会有任何阻碍，轻松无比。

　　等我将车子开上蜿蜒的公路时，雪势更大了。"沿岸的落雪从不持久。"小册上写着。我紧紧抓住那个信念，即使雨刷动得不够快，让我无法看清路况。开了四十五分钟之后，我才抵达通往 US-26 公路的出口匝道。我在四十五分钟之内只勉强开了七英里，这个事实并未让我却步。放眼四周，无人出门，这也没有吓住我。我右转路过一站式商店，店家因为天气恶劣已关门，继而往东驶向波特兰，摆满各楼层的二手书的影像鲜明地在我眼前舞动。

　　我学到的头一件事，就是在菲尼克斯开车的时候我一定只有半个魂在。那里的道路永远干燥安全、养护良好。我学到的第二件事，就是在冰上把车停下来，要比在干燥的铺路上更花时间。我理智上知道这件事，可是在那种觉察进入我身体之前，其实我无法真正体认。雪越下越大，我再也看不到路况了。公路两旁的常青树上积满了雪，我只在电影里看过这样的景象。写着"SNOW ZONE"（雪区）的黄色菱形标志上覆满了雪，只对驾驶人露出"S W NE"。我一直在等雪停，就因为我希望它停。

我见证了自己灵魂的分裂，以及自我接管了所有操作性的活动，它像猴子一样叽叽喳喳，成了某种卡通似的爬虫类。我的自我执意前往鲍威尔书城，它像经文一般反复念诵："鲍威尔，书的圣地。鲍威尔，书的圣地。"不管是不是会害死它和我，它都执意要去。"鲍威尔，书的圣地。"它淌着口水，想要花钱，想要摸书，想要在书架的灰尘之间吸吮故事的气味。

在我存在的某个平静、抽离的角落里，我说："你会撞车的，然后我们会在救援抵达之前在沟壑里冻死。"然而，我的自我这样回应——甚至跟着前面的车子跟得更紧。前方的车子踩了刹车，我的自我也踩刹车，车子打起转来。我们面对着迎面而来的车辆。我屏住呼吸。"掉头然后回去。"我喃喃低语。可是，我的自我忠于自己的任务，把车子掉转向东，继续行驶。

我显然进入了永无止境的雪区。我望着里程表，四英里。我记得以前和母亲准备沿着北卡罗来纳海滩散步的时候，她说过："不要把精力都耗在往前走的路程上，一定要记得回来。"如果我现在掉头，我就必须回头走过刚刚跨越的一切。那样又会有多安全？我开始把雪区当成了不起的产道——危机四伏，又湿又滑。可是我会在另一端以崭新的姿态现身，被整整三层楼的书团团包围。宇宙就是要我到鲍威尔书城去，它已经把我送到这么远了，应该会把我带到终点才对。

又开了三英里，半小时过去了。我渐渐意识到，即使没出车祸，当天可能也到不了波特兰。要以每小时三英里的速度行驶七十二英里得耗费不少时间。我应该掉头回去。书本的影像在我脑海里舞动，齐声合唱——有如印刷纸张版本的诱人海妖。它们的能量——有如安全路障与止滑块构成的一道白色光束——会带领我平安抵达鲍威尔书城。我把收音机关掉，好把自我的计谋听得更清楚，结果没听到波特兰正在下雪的新闻（那里明明从来不下雪）。所以，我并不知道波特兰二十三年来第一次关闭了大众运输系统，好让困惑不已的美国交通部员工可以去找公交车用的雪链。可是即使我事先知道这件事，也还是会继续往前行驶。我了解自己那种如火的热情。

　　然后麋鹿出现了，它就站在那里，像我的车子之前那样凝驻不动。我的自我跟麋鹿有了眼神接触。麋鹿不打算移动。于是我想我会因为麋鹿而死，要是时间再从容一点，我一定会笑出声的。我猛踩刹车，车子转了又转，仿佛热可可里旋转不停的小棉花糖，最后车头撞进雪堤里，放眼不见麋鹿的踪影。我的自我吓得在后座缩起身子，用两条安全带捆住自己，那道白光跟召唤我前去的书本天籁全都消失不见。我只剩半箱的汽油，后轮拼命打转，在新落的雪里找不到抓力。如果我把引擎关掉就会冻死，现在零下二点几度，我不知道穿着廉价羊毛袜、运动衣裤和四美元的驾驶手套的菲尼克斯人在冻死之前可以撑上多久时间。

　　我的自我噤声不语。我想起曾在公共广播电台上听过一则故事：北达科他州春季融雪之后，有人发现一个妇女连人带车埋进雪堆里。她曾经每天都在餐巾纸上写字一直到断气，整整五个月没有人发现她。我不要在距离书的圣地六十一英里的地方死去，没有如此忠诚的信徒可以跋涉这么远，却沦落到在雪里灭顶的下场。剪刀、石头、布。或者在这个例子里，是土、水、火。你猜怎么样？冰冻的水可以灭掉火。

结果才不过十五分钟，几个开着四轮驱动车的友善的俄勒冈人停下车来，帮我把车推出雪堆。我把车子朝西驶向海岸，那里的雪肯定停了，然后再慢慢开回小屋。我确定我没办法点燃屋里的木头火炉，但至少可以使用浴室。

我在那趟鲍威尔书城的失败之旅中看到我的意志力有多么坚强——我竟然认为地球会为了我改变天气模式！而我的自然模式跟习惯又是多么像推土机一样埋着头往前冲刺，不管有没有道理。我看到单是自己的心智就招来多少痛苦。那一天，我领悟到自己的小说创作为何停滞不前，我为什么在英文通识课和课后活动的大海里行将溺毙，我为什么鲜有亲密的人际关系。因为我不知道该怎么屈服、让步，我不知道该怎么"存在"(be)，我只知道该怎么"做"(do)。我在那一刻明白了，如果我不学习怎么放手，我的写作将永远无法自行呼吸。

这辈子头一次独自坐在暴风雪之中，才明白自己在写作和人生里严重失衡。在俄勒冈，我每天在木头炉子前面练习瑜伽。我倾听自己的心智，伴随着窗户四周积雪逐渐堆高的不适与陌生感。知道自己不具备在这种天气里外出闯荡的必要技能让我很不自在，但我与这种不自在感共处，与自己的失控共处，看看它会将我带到哪里去，而我返抵了写作过程。

这本书的重点在于驻留的时间必须足够久，才可以发掘出自己的"深度写作"(Deep Writing)实践。躺在羽绒被下倾听着窗户下方奔流的冰冷溪水，我认识到深度真实的写作与一般人所预期的不同，它并非来自智性。深度写作来自我们的身体，来自我们的呼吸，来自我们稳稳驻留在恐惧之处的能力。它来自与我们书写的东西交融在一起——来自融解我们的自我，这样真正的作品就可以不受我们追求成功的条件所限制，并且能够通过我们浮现。

找到你自己的深度写作，部分的功夫源于对身体的觉知。我们很容易在写作过程中忘记身体的重要性，因为文字和语言是由心智所建构的，我们常常只把写作过程与智性联系起来。语言确实来自心智，但是，从独属于我们的真正声音里所浮现的故事，却来自身体。我们的细胞拥有记忆，身体储存了所有经验——包括曾表达以及未曾表达出来，甚至早已遗忘的那些。它们就在那里，等待着我们。

当我们意识到自己随身带着这些故事时，将它们表达出来自然就成了下一步。我们有些人背负着悲痛或背叛的故事，有些人背负着浪漫爱情或希望憧憬的故事。我们有些人拥有战争故事——无论是军事战斗，还是人际关系的缠斗。有些人有出生的故事，有些人有着濒死的故事。不管我们有什么故事，那些故事在本质上都与我们的肉身躯体以有机的方式连接着。培养那样的连接——就是我们脑袋与身体之间的路径——就能创造出深度写作。深度写作可能很吓人，部分原因在于，它迫使我们潜入自己存在的那些领域，而那些领域是我们有意识或无意识不让自己去碰触的。它要求我们走向更深层的内在，面对我们原本不想正视的东西。

身为写作者，我们一定要学习怎么管理自己的心智、自己的故事，以及自己身体的情绪触媒。我们必须学习静定不动，当我们可以在四周创造静定的空间，就可以开始接触故事里的深层核心，在书写故事的当下学习怎么体现它们。为了达成这个目标，我们首先必须"现身"(be present) 在自己的身体里，我们必须学习让心智安静下来，好让那样的写作顺利运作，如此一来，内在的故事就可以被听见。

观察自己的呼吸可以给我们（写作者）一个机会，让我们在细胞里真正体现这个写作过程。我们见证自己的呼吸，意识到它的涨退流动，就可能进而注意到写作实践也有自然的涨退和流动。写作实践有时强度很高，有时几乎难以察觉其动静，但是，当你开始意识到写作时时伴着你，随着每次吞吐呼吸，你就能潜入那个未知的中介空间，也就是真实声音的栖居之所。

本书会提供你在写作过程中观察自己的心智和自我的方法。我引导你的方式之一，就是通过呼吸和身体运动——只是简单的小动作，就能帮助你消除你的写作瓶颈。不过，当然，这些事情持续起来都不简单。深度写作来自介于呼吸和吐气之间的空间，来自介于"做"和"做梦"之间的空间，来自力量、谜团与真实之地。我希望能帮你找到并培养你内在的那个空间，这本书正是邀请你随着我一起前往那个中介空间。

关于本书

请不必觉得非得循序读完整本书不可，也无须认为所有练习都非做不可。我希望你能随着自己的转变和扩张，一次次回过头来读这本书。我希望今天对你来说不管用的东西，可能成为开启你明天的钥匙，反之亦然。

写作就像人生，它会不断变化，而非一种静态的活动。一如没有适合每把锁的万用钥匙，对每个写作者而言，也不是只有一种写作途径。本书不会提供你确切答案，反之，我希望它能帮助你重塑问题，让答案（你的答案）浮现出来。你不需要任何特殊昂贵的工具，不需要投资购买笔记本电脑或是订阅学术期刊，只需要现身。

准备一本"过程日志"，记录自己对某些练习跟问题的感受与反应，这对你来说可能有帮助。日志对于回顾反省很有用，也会给你一个可以轻松找到自己思绪的地方。写作也是一种思考方式，通过写作，我们得以发掘自己的思绪和构想。通过写作，我们可以解构和融解那些一样的思绪跟构想，最终获得清晰、焦点和轻盈。

我邀请你在阅读本书的过程中回到呼吸这件事。培养与自己呼吸的关系，同时跟自己的写作维系深层的关系。呼吸是一种不自主的活动，回到呼吸的起落，将呼吸带往有意识的觉知层次；控制思绪的散乱本质，将自己稳稳放在身体里，立足于当下的此刻。如果我们想要深度写作，就必须驻留于当下。

开始注意呼吸的能量。当你吸气，就是把周围流动的能量带进身体里。在吸气的最高点会有略微的停顿，让外在气息与内在气息交融。而当你吐气，就是臣服于周遭的世界，同时产生信任感，在你放手的时候又被重新填满。这种信任与屈服对写作实践来说不可或缺，一旦你守住越多，能真实表达的就越少。在吐气末尾的停顿时刻，让外在世界可以守住那口气，并且融入整体。在停顿的时候，我们就只是去体验，不刻意努力，也不去思考，更不去评断，只是去体验事物的原本面貌。从这个地方，我们活出不造作的时刻。从这个地方，我们真实地写作。当你让自己的呼吸在身体里自然起伏，练习这样的信任觉知——呼吸持续维系着你的生命。当你吐出自然的呼吸，自然的声音就会找到出路，并浮出表面。就像自然界无须你来控制就能自行运作，深度写作也是如此。

　　为了帮助你深化写作实践，我在每章末尾提供了一系列的"实作练习"，也在篇章中穿插"身体小憩"单元。虽然这些练习是特别设计来搭配个别章节的主题，但是我希望你会发现它们的功能不限于此，其中的许多提示还可以用在个人日志内容以及人物的深度描写上。比方说，如果这个提示是"对我来说，改变意味着……"，你可以把"我"换成角色的声音。不要害怕变化这些练习，它们只是你深海潜水的跳板罢了。"身体小憩"单元会帮助你在阅读过程中，稳稳扎根在自己的躯体里，产生更进一步的整合效果。

　　这本书不是技巧书，而是一本"过程书"，让它补足你在技巧、文法以及说故事等方面的相关知识。这本书代表写作过程的这个部分：潜藏在风格和情节这类更具体层面底下的东西。对于完全成形的素材，你还不能正确地加以标点和塑造。反过来说，如果你不能对那些变动不停、从火里诞生的素材加以标点和塑造，你的作品就无法完全达到沟通的目的。

继续在自己的外在与内在寻找更多知识。阅读，阅读，阅读。同时意识到写作就跟所有生命一样，是一场探索。你选择的每种工具都有价值，但不是每种工具都能在各种情境里发挥作用，就像铁锤适合敲钉子，却不适合锯东西。对自己的写作要抱持足够的尊重，要从多种资源中搜集工具，并认识到那个最终与最重要的来源，就是你自己。要乐在语言之中——你自己的语言和他人的文字。在公园里和你的故事与诗作嬉戏，但别忘了把它们送到训练营培养组织力与专注力。

好了，让我们从开端起步。请以新手的心情、开放的胸怀与态度，带着惊奇与敬畏的眼光观看这个世界，观看你的生活与你的作品。将空气深深吸入身体，吸入肺部，吸入内脏。氧气正在给你燃料，让你的身体沐浴在能量之中，能身处这样的状态中，此刻又夫复何求？

第一部　聚精会神

开口要求就是接受的开端。千万不要拎着汤匙到大海去，至少带个桶，免得孩子们嘲笑你。

——吉姆·罗恩（Jim Rohn，美国商业哲学家）

随着每次吸气，我们的肺部舒展开来，胸腔膨胀，心脏扩张。每一次吸气就是新的开始，宛如白纸一张。在写作计划的初始，我们有同样的白纸，我们可以完成的事情拥有无限可能。许多写作者在作品的发想阶段会得到无穷的乐趣，但对某些人来说，意识到自己的写作充满了潜能，有时反倒无力招架，因而动弹不得，无法呼吸，然后整个停摆。

不管空白的纸张是逗得你微笑或是吓得你躲进棉被，本书的第一部分都会提供你追求成长的工具。我们在这里会学习到如何静下心来，从起步阶段得到最大的收获。灵感不会像来自诸神的闪电般直接落下，而是来自平稳的呼吸、扎实的基础，以及对整个过程的全心投入。自由会从稳稳扎根的呼吸中盛放绽开。从稳稳扎根的呼吸里，你的故事跟诗作会在纸页上舞动苏醒。

这个部分也会帮助你对自己的思绪有所觉知，思绪往哪里去，能量就往哪里去。你对自己思绪的纷乱本质越是留意，就越能温柔地重新聚焦，看着自己的故事成长。前一个思绪一吹走，下一个就吹进来。一个个释放它们吧。

这个部分会提供工具，让你可以试验、探索、欢笑、提问，并且得到意料之外的乐趣。不要害怕一次次的重新开始，最重要的是，不要害怕给自己惊奇。

身体小憩

背脊打直，自在地坐着。用正常的方式换几口气。

然后，用右拇指压住右鼻孔。透过左鼻孔完全地吸气。放开右侧鼻孔，用右手无名指压住左鼻孔，透过右鼻孔缓慢又完全地吐气。继续压住左鼻孔，透过右鼻孔完全地吸气。压住右鼻孔，透过左鼻孔吐气。这样算是一个回合。

重复八个回合，然后好好放松，正常换气。

目的与效果——

提升心思的清明度，平衡左右脑，唤起某种放松的活力感。

1 风险

> 有一天你终会醒悟：包裹严实藏在花蕾里，
> 远比尽情绽放疼痛难耐。
>
> ——阿娜伊丝·宁（Anaïs Nin，美国作家）

今晨，有只大苍鹭降落在我书房窗外的屋顶上。双脚有如细枝，腹部椭圆，脖子有如眼镜蛇，单脚站立。我看到它的羽毛在风中扬起，嘴喙开开合合，重心轮流换脚支撑着，然后脚一蹬，飞腾入空。每一刻都是风险，都是信任，都是投入。

我在读研究生时，第一次接触到"写作里的风险"这个概念。回忆录作家迈克尔·戴屈（Michael Datcher）开了场研讨会，讨论书籍会引起心理的意外效果。他说，如果你写的一切都是真实的，就会产生意外的效果。他问我们："你愿意冒险说出自己的故事吗？"然后暗示我们如果打安全牌，瞻前顾后，无异于扯自己艺术的后腿。他要我们象征性地将自己剖开，看看会有什么冒出来。我永远忘不了那场演讲，有部分是因为我从没想过必须把自己变得如此脆弱。至今大家对这个概念已经习以为常，可是在当时，我不太懂他到底在说什么。

回顾过往我才明白，所有"失败"的作品几乎都缺了"个人风险"这个元素。作者试图打安全牌，企图用一层层状似深奥、措辞往往极美的废话表达自己正在做的事。读者马上就能察觉到，或许无法清楚说出感应到什么，但会知道已经失去了阅读的兴致。写作老师必须能够指出："嘿，这边下笔有点重，你不觉得吗？""要不要把头十页到二十页删掉，从这边这个感觉开始？"写作者通常会抗拒这个想法。那也没关系。写作者如果要成长，就得通过那个抗拒的关卡，找到那个感觉，然后据此加以扩张。

　　写作得冒个人的风险，对非写作者来说，这种说法听起来非常古怪。毕竟我们不是攀爬冰山，也不是驾着三块板子拼成的木筏在科罗拉多河的急流里泛舟，我们只是要坐下来，动动双手，应该不会有多少风险才对。可是，写作的风险是指内在的风险。你勇闯自己存在的深处，然后，噢，天啊，把它带回来让这世界评头论足？——这种事并不适合懦弱的人。

　　很多写作者宁可去攀富士山也不要进到那里面，但你非得进那里不可。伤脑筋的是，你无法有所准备，因为你并不清楚那里面的所有东西。你可以提前调查富士山徒步旅行的路况，可以携带适当的配备，可以确定自己的体能状态良好。简而言之，你可以有所计划，但是你无法事先掌握内在世界，你只能在走访内在世界之后，回来告诉我们你在那里所经历过的事情。你每一次前去都会发现新的事物，而就在你探索、反思并书写自己发现的事物时，又会见识到新的事物。那里面并没有所谓"噢，我还以为那件事我已经处理完了"的状况，底下总是还有一个层次。你的写作会告诉你，你在那里面挖掘了什么，但在当下你通常看不出来。

不管是什么文类，先把你的作品当成与自己的对话。你不会从那里面带着这些对话出来，原封不动拿去出版，那只是给你自己看的。可是，你可以从带回来的东西里抽出精华，好好雕琢之后再公之于世。读者可以看出你已经走过那段旅程，即使他无法辨识那是什么样的旅程，但当读者知道你冒了一切风险之后，就会紧紧追随故事不放。

我常在学生的作业上写下："对你的主人公来说，有什么风险？为什么在这里？为什么挑现在？"描绘角色时，这些都是需要思索的重要问题。那个故事有什么迫切之处？故事的起点为何非得挑那个地点和时间，而不是隔一天或邻近的城市？如果你发现可以在任何一个点进入故事梦境（story dream），那么你可能必须思考一下焦点的问题。我们想替读者制造什么样的冲击，就以此为基础来选择进入故事的点。每则故事只有一个进入点，改变那个进入点，就改变了整个故事。

这些问题也适用于写作者本身。为什么在这里？为什么挑现在？对我来说，这个故事有何迫切性？关于我的人生或我自己，我有什么想查明、揭露和发掘的？针对这些问题，有些故事有较明显的答案，有些则没有。可是，持续受到郁金香吸引的小说家或总在耳畔听到老人低语的小说家，又是怎么回事？他知道自己冒了什么风险吗？风险也许不是在初下笔的时刻被意识到的，却是在写作过程中益发鲜明。如果对作者来说没什么风险可言，就不会有足够的能量撑过篇幅更长的计划。小说作品中总会有一个关键问题在结尾获得解决，如果写作者一路上知道所有的答案，就少了发掘的乐趣。

风险有好几个层次。从未高调分享自己作品的人，光是呈现自己的文字就是一种天大的冒险。可是，写作多年、惯于产出与分享的写作者，一定要继续往自己内心深处探去，继续挖掘萦绕心头的东西。他一定要继续挑战自己，这样他的作品对别人才有挑战性。写作是一种展现力量同时屈服让步的行为。写作是激情与发掘。写作是拉扯自己的灵魂，不断将自己往前拉，即使你在拼命踢打尖叫。

当你发现自己在冒什么风险，就可能"陷入瓶颈"。要明白，卡关的并非写作本身。"写作瓶颈"这个词把责任从作者身上转移到写作本身很不公平，要知道，让你卡关的并非写作，而是你让写作卡关——这种想法上的调整很能给人力量。如果造成瓶颈的是你自己，那么你就能自行破除瓶颈，不需要等待伟大的写作之神转开灵感的水龙头。这想法真令人豁然开朗！

你发现自己卡关的时候，第一步就是要察觉是什么东西陷入瓶颈。你的作品走到了哪个点？下个场景、下一首诗、下一篇文章是什么？你能否指出下一步里隐含什么你可能尚未准备好或不愿处理的内容？写作悄悄将我们推出舒适区。当我们"松手放开"时，往往有如猛虎出柙，直接扑向生肉。我们构建起防御工事，希望能快快偏离自己的故事中心，然而，我们只要继续那么做，就不可能对写作计划有所帮助。我们的作品值得我们付出全副心神，值得我们的在场和投入。

我注意到，越靠近故事核心，那个"瓶颈"感觉起来就越快也越扎实。久而久之，我观察到自身的这种模式，并看出了这种模式的真面目，它是以恐惧为根基的瓶颈。我不想坐在椅子里写这些故事，因为它们会影响我的感受——这就是瓶颈。我可以告诉你，要突破那些瓶颈没有密码，但有一种方式能保证成功，这个方式没人想用，但它真的管用——那就是写。与那种不自在共处，伴着那种不确定感，与某个场景或某段回忆可能召唤出来的情绪共处，与你的作品共处。它会引导你回到家。

身体小憩

花点时间仰躺在地。如果你的背骨柔软，就可以屈起膝盖，将脚底贴在地上，或者在膝盖下方垫个枕头。手臂平放身体两侧，掌心向上。闭上双眼。如果一直闭着眼睛有困难，你也许可以使用眼罩。想躺多久就躺多久。这是个深度放松与觉知的地方。你没有睡着，只是静定不动。

目的与效果——

这个姿势对于刺激想象力有帮助。还有，因为你仰躺着，心是敞开的，可以同时让你体验到脆弱与屈服。你的身体正在体验一个安全又开放的地方——一个充满信任，让你胆敢启程冒险的地方。

实作练习

1 根据以下提示，每一则至少花十五分钟写下随笔：

◇ 我在十字路口的时候，我……

◇ "改变"意味着……

◇ "恐惧"意味着……

◇ "风险"意味着……

2　有力的书写就是具体的书写。回头去看这四份随笔，找出其中的抽象构想，然后替那些抽象概念创造一个具体意象。另外拿张纸，用你想出来的其中一个或更多的具体意象创作一篇新东西。比方说，如果你给"改变"的抽象概念是"改变是可怕的"，就替这句话找出一个具体意象，例如"闻起来有臭鼬和灰烬气味的低矮空间"。用这个特定的意象写一篇新作品，看看它会带你到哪里去。

3　你不见得总愿意在写作里吐实，自由书写列出你之所以这么做的恐惧及（或）理由。如果这些理由都发生了，会发生什么状况？

2 真实

> 我不会像所有已逝的诗人那样，将一个字排
> 在另一个字旁边，有如比邻而立的坟墓。我希望
> 看到文字漂浮于纸页的白湖之上，就像撒落的
> 骨灰。
>
> ——M. V. 迈纳（M. V. Miner）

真实的书写和生活，到底是什么意思？我想，真实的生活和写作涵盖了好多层面，可是两者的症结点就在于能够"站在自己的身体里"。我知道这话听起来可能挺荒谬的，如果你不站在自己的身体里，又站在谁的身体里了？但是，站立并不等于站在里面。我们来试试看。

站稳姿势。首先，把双脚牢牢压进地面。抬起脚趾，往外撑开，稳妥地贴住地面。让自己的体重平均分配在双脚的四个点上。放软膝盖，放松肢体。感觉双脚、膝盖与臀骨一致，双脚平行直指向前方。活动大腿内侧肌肉，让尾骨滑向地面。这会释放你的下腰。耸起肩膀再放下。放松，放软下颚，缓缓地深呼吸。在瑜伽里，这叫山式。

现在，只要站在原地。你有什么感觉？起初你可能觉得有点别扭。我们有很长时间都让一只脚承担较多的重量。我们有

很多时间都弯腰驼背。我们有很多时间为了让自己显得瘦而缩起小腹。你在自己的身体里注意到什么？山式这种简单的练习，你在哪里都可以做，在杂货店里排队、替车子加油、在办公室做简报。你对自己的站姿越有意识，对其他事物的觉察力就更高。比方说，哇！我没站直。我比较往右斜，或比较往左倾。我的下腰会痛。我的肩膀永远高高耸在耳边，而不是顺着背部往下放松。我的双脚总是斜了个角度，从未直直指向前方。

知道这些事情有什么价值？觉知。我们一定要开始在真实自我跟躯体之间制造连接。写作者常常倾向于活在脑袋里，身体只是便于运输脑袋的工具。如果我们把所有时间都花在脑袋里，不只必须应付那些不停打转的混乱思绪，而且不久就会发现，我们只会通过一种工具——心智——替所有问题寻求解答，在人生中摸索前进。心智不应该承担那么多工作的。心智是个巨型数据处理器，只能用里面现有的数据来运转，所以具有创意的解决方法必须来自心智以外的地方。

我们透过皮肤来体验认知的转变。我们感受到新的觉知，然后储存在心智里作为对未来处境的参考，这是无法颠倒顺序的运作，因为在我们"感觉"到以前是无法思考的。不少写作者谈到自己在散步、淋浴或做梦时找到新构想或解决情节设定的问题，当他们不把心智机器集中在问题上，答案自会通过其他管道浮现。深度写作要求你接触所有的管道，而非局限于某一个。

站在身体里能帮你打开喉咙，用自己的声音发言，也可以帮你移出思考中心，进入感受跟感官的地方。你在场的，就是感受之地，而思绪只会将你留在过去或是未来。我们也可以把山当成是写作的隐喻。山是扎实、稳固、在场的，它是各种生命的土地基础，而你写作的基础就是你的实践、你始终现身于纸页上，以及你能觉察自己与文字及语言的关系，这种基础越坚强，就越能支撑更多的生命形态。

我们往往被训练不要写出真实的心声，被教导写出我们认为老师想读的东西，或当权者想听的话。我们受到模仿跟学舌的指引，也见识到那些突破既定规则书写或发言的人是如何承受苦果。我们也在多方面被告诫要隐藏真正的声音，因为害怕（常常害怕得有理）自己显得太过脆弱。我们害怕暴露自己而＿＿＿＿＿＿（请自行填空）。我们害怕如果写小说，我们的母亲／父亲／女儿会认为，我们就是做出那些卑劣行为的主人公，于是我们自我审查，最终破坏了自己的作品。

你要怎么知道，你在什么时候，嗯，得表现出自己？最明显的答案也是最模糊的答案——时候到了你自然知道！可是你要如何知道？练习写作就是允许自己往作品核心越走越深，随着往内越探越深，你要站在自己旁边，超然但在场。当你从自己的内在带出一首又一首的诗，一则又一则的故事，就是在试练自己。你诚实评估自己的作品，问问自己：

这是真相吗？（不是字面上的真相，而是那份作品的真相。）

我省略了什么？

我为什么有那样的省略？

要是我把省略的东西加回去，会发生什么事？

我在哪里回避了故事？

故事的问题是什么？

我是否处理了故事的问题？还是回避了它？

你会开始看出自己的模式。你不只会在作品的更大问题中看出模式，也会在闪避议题的手段里看出模式。你会注意到自己是不是太快收尾，注意到自己是否在书里偏好快笔带过，而跳过最重要（带有风险）的场景，你会注意到自己的角色是否持续留在卡关的同一个地方。不要妄加评断自己注意到的事，只要去留意就好，这条往深层提问的路线会带领你找到真实的声音。

有些学生告诉我，他们不想阅读，因为害怕会"盗用"读过的东西。其实，除了直接的剽窃外，这种事情不太可能避免得了。世上有成千上万"男孩遇上女孩"的故事，每个作家都用自己的方式来叙说，只是这样的差别。身为写作新手的你，正在寻觅专属于自己的声音，起步之初，模仿是常有的事。你读了很多阿娜伊丝·宁（Anaïs Nin）之后，就会发现自己在写长篇日记。读了很多海明威，就会发现自己在用简短、省略的风格写作。那并不打紧，你正在学习。你不可能当阿娜伊丝·宁或海明威，你只能当你自己，而在竞相争鸣的喧哗人声（老师、伴侣、朋友、同事或其他作者）底下，可以找到那个"你"——你就在里面。对于倾听，我们大多数人只是疏于练习。

站在你的身体里，用你的声音说话。站得好好的，完完全全站在大地上。起初，你可能会觉得很别扭；起初，你可能只能透过笔或喉咙沙哑地说出几个字或词，展现真正的自己。你可能会发现自己挣扎着寻找焦点，挣扎着找出自己的声音——这就是写作者成长过程的关键部分。你们不是生来就是托妮·莫里森（Toni Morrison）。第二，你终其一生都要耕耘自己的声音，就像耕耘平衡生活中的其他层面。你自己就是你所有创意的来源，当你跟自己的关系更加深化，就会认识到自己最需要说出来的是什么。

我们有很多人在喉咙那里挡住了能量流动。我们得学会将感受塞进内心深处，我们得学会实话实说不见得安全，我们得学会审查自己的想法。既然你已经接受了写作的挑战，头几个任务之一，就是要打开这个能量中心。头几个任务之一就是要足够信任自己，甘冒一切风险，就为了接触自己的声音。

对自己要有耐心，这是一段非常神圣的时间，你正要开始与自己培养一种真实的关系。你和你的写作值得这样的对待。

身体小憩

脑袋缓缓向后仰，让自己在小小的伸展跟敞开里安顿下来。向上伸展的时候，请感觉喉咙里出现的细微状况，只要去注意跟感觉就好。

目的与效果——

这是一个脆弱的姿势，一个屈服与信任的姿势。

实作练习

1 让我们从身体开始。做的时候可以或坐或站。如果坐着，要确定双脚确实压在地面，稳住自己。吸进一口气，脑袋缓缓向后仰。头想往后伸多远就多远，不要勉强。只要享受一次温柔的伸展。继续缓缓地深呼吸。注意自己的感受。你的脖子和喉咙是暴露出来的，这是种脆弱、敞开心胸的姿态。等你准备好了，在吐气的同时把头往前移回中心。尽可能多多实验这个动作，小心不要过度勉强脖子。结束的时候拿起笔来，自由书写十五分钟。

2 在你的日志里回答这个问题：坐下来写作时，我到底想做什么？现在，反过来，我坐下来书写时，写作到底想做什么？

3 自由书写：如果真正倾听自己内在的声音，我会……

4 如果把你的一切剥除干净——你的身体、健康、关系、财产——只剩下真正的面貌，有什么经验、学到的知识，或是独特珍贵的人生真相，是你会想表达出来的？那么，试着找出一两个可以传达那个想法的意象。跟着那个意象的轨迹走，看看会揭露出什么。

5 自由书写：我最难解的心结是……

3　谦卑

> 谦卑是所有美德的坚实基础。
>
> ——中国哲学思想

也许你还记得一九六○年代麦克·戴维斯（Mac Davis）的那首歌《噢主啊，谦卑真难》。那首歌的叙述者继续宣称自己的完美、周遭人等不配跟他往来云云。不出意料，在歌曲末尾，叙述者一直在评头论足的美丽女人转过头来对他品评一番时，他得到了报应。这是个傲慢导致失势的典型故事，说明有人"自信过度"或是"得灭灭他的傲气"，最后的结果就是被迫谦卑。听起来不怎么好玩吧？在西方人的想法里，谦卑常常跟处罚相连接，但这种想法实在大错特错，而"humiliation"（蒙羞／屈辱）与"humility"（谦卑）两者如此形似，更是无助于厘清真相。

谦卑是种质疑的状态。通过谦卑，和自己拉开足够的距离，以便让惊奇与发现有机会产生，你就会对自己和他人有更深的了解。拥有谦卑不代表你在一路惹祸上身，你只是处于开放与接受之地。你不知道、也不会佯装知道接下来会发生什么事。

谦卑在写作过程的两个阶段里对我们都有帮助。在打草稿的阶段，谦卑让我们可以不受限制地接触自己作品可能的走向，我们并未紧紧抓住欲望，而是用孩子那种天真、开放的视角，接近作品的每个组成元素。

哇！那是什么啊？我们再进一步探索吧。

你是谁？

你为什么在我的故事里？

我们可以心平气和地追索这些问题，因为我们对于它们可能会把我们带往哪里抱持着淡然的态度。我们并没有紧抓这样的思绪不放："我没办法继续把这个角色追下去，因为我确定我的主人公应该是乔。"或者："我没办法停下来写写吹奏伸缩喇叭的事，因为我的作品里没有音乐元素。"谦卑让我们得以开放地探索。它会打开一扇宽敞的门，通往你的潜意识。它让你可以用孩童般的天真接近自己的作品，然后依然还会因为看见栅栏上爬行的毛毛虫而大感惊奇。深度写作就来自那样的地方。

我曾因为悲痛与失落的经验而耗费了数年时间，研究怎么把写作当成疗愈工具。就在准备最后的论文时，我到咨商机构实习。我很幸运当时能跟许多不凡的人共事，他们和我分享自己的故事。

有个男人特别突出。他已经八十出头，结婚五十三年，妻子刚刚过世。毫不意外，丧偶让他很难适应。他随身带着三本巨大的剪贴簿来找我，想让我认识他的妻子。我看了照片以及他们写给对方的书信，信里讨论着他们的关系在这几十年来的变化。他们在书信里坦诚相待，讨论性爱、离婚的可能性、出轨、遗憾、孩子，以及她的疾病。透过这些，他们书写的是爱。他告诉我第一次见到她的情景（在杂货店的停车场里），他在她车里留了一本有自己签名的惠特曼诗集。他谈起随着年华老去，两人在平日里固定的作息：在邻里间散步、园艺、读报。"我想念她的碰触。"他说着说着便哭了。他疗愈的途径有一部分是对着他人，为他妻子以及两人的关系赋予生命。和我分享这些故事，听到别人对那段关系与那份爱的认可，就某方面来说，也是跟他人共扛丧偶的重担，这对他来说，至为关键。

在这男人来到我的办公室以前，我从没见过那样的关系。我以前并不相信男人会如此彻底地爱一个女人，我个人在当时的经验有限。他呈现给我的是我自以为知道的事情，其实我完全不明白。他将观看事情的新方式展现给我——他给了我谦卑的赠礼。我深深沉浸于他的故事里，正如他从头爱了妻子一遍，我也爱上了他的妻子，还爱上了他。他最后一天来见我时送了我一枚书签，背后亲手写了短笺：相信你尚未了解的。从那以后，我回过头去看那句话好多次，每次都从中读出不同的意义。

我现在之所以跟你分享这件事，是因为我认为它可以阐述谦卑。为了帮助这男人，我必须释放我原本对失落、关系以及老年人的看法。因为我们对谈时他所带来的东西让我非常意外，我别无选择只能往后退开，纯粹去体验他想诉说的事。我可以听到他，因为我不知道他接下来要说什么。我不知道他来见我是不是有帮助，但是他深深改变了我的视角。

没有永恒不变的角色。学生可以为人师，师者也可以是学生——只要你对可能性抱持着开放的态度。

实作练习

1　让我们再次从身体开始。这次，我们要做与上一章相反的事。这个练习可坐可站。如果你坐着，就确定双脚牢牢踩在地上，让自己稳稳扎根。吸几口气，等你准备好，在吸进一口气的时间里，缓缓将下巴往锁骨移动。慢慢来。低着脑袋是表达谦卑的传统姿势。注意颈背拉长的状况。伸展的时候继续呼吸并深深放松。做任何动作都请小心，不必勉强。你可以用手轻柔地碰碰颈背，感觉一下这个姿势的脆弱。等你准备好，在吐气时将脑袋移回中心。视情况反复多做几次。然后，拿起笔来，自由书写至少十五分钟。

2　回忆那些还会让你感到惊奇的时刻，巨细无遗地描述出来。

3　你相信什么事不可能发生？写下一个场景或一首诗，在其中让不可能的成为可能。

4　有哪些事你以前总认为不可能，现在却成为可能了？把视角改变的那一刻写成一个场景或一首诗。

4　好奇

> 所有的探险家都在寻找自己已经失去的东西。
> 他们很少能够找到，而更少有的情况是：达成愿
> 望比起寻找的过程，为他们带来更多的快乐。
>
> ——阿瑟·C.克拉克（Arthur C. Clarke，英
> 国科幻作家）

"好奇"到底是什么意思？敞开心胸的探询跟单纯的爱管闲事，两者有何差异？为什么好奇猴乔治①会得到奖赏，而好奇的猫咪就会丢掉小命？也许你在成长期间听过"你问太多了"这句话，它三两下就会变成"闭嘴，你很烦！"的代号。

对认真的写作者来说，"为什么天空是蓝的"这类童年时期涌现的质疑，从来都不会真正消失。我们想知道的不只是天空为何是蓝的，也想知道山姆为何跟他老妈合不来，北方跟南方之间的伤口为何尚未愈合，贝蒂为何依然渴望她一九六三年在密歇根州萨吉诺的巴士站仅有一面之缘的那个男人——这些都是制造故事的问题。我们跟着"为何"的轨迹走，它们就会展开我们情节里的"如何"。我们针对角色所提出的表面问题下一定藏着持续的寻觅。文学让我们探索和想象自己可能永远无法

---

① 好奇猴乔治（Curious George）是同名系列童书的主人公。

触及的世界和观念。每次接触到陌生的生命，都会将我们打开。我们体验新事物时，理智跟情感会跟着扩张，我们带进生命里的每本小说或诗作，也会带来同样效果。

有这么一说：我们写作是为了从混乱中找出意义。通过我们的故事，我们逐渐在随机的宇宙中找到模式，并在这些模式中寻求安慰。所有的写作都是在提问。小说承载很多问题。一首诗可能只包含一个问题，但也可能有更多问题。长度不代表深度。写作者常常会根据自己对问题的探索来组织作品，而这个部分就是关键：写作者在接触自己的作品时，不能在心里牢牢抓紧对这些问题的答案，因为这样就没有了谦卑，也没有开放，更缺乏柔软。

诗人兼译者彼得·勒维特（Peter Levitt）将这个做法称为"握紧的拳头"。如果你早已知道自己的去向，那么脑袋就会阻止你让框架外面的可能性进来，并把焦点放在早已预定好的目的地。你很可能会抵达自己的目的地，但是这趟旅程不会因为迂回绕路或意料之外的巧合，而变得更丰富。如果你已经决定自己的答案是什么，就会毁掉支撑作品的好奇火花。如果你只是照着自己预测的方式从甲地移向乙地，写作本身就会变成苦差事。如果你不好奇，读者也不会好奇，读者会把你的书搁下转而去看电视。带动作品的第一股力量，就是你的好奇心和你的质疑，心脏就在这个阶段开始跳动。

我成长过程中最爱的一本书是《间谍哈丽特》（*Harriet the Spy*），我爱上了哈丽特和她那一摞摞的笔记本。她对自己笔记本的不懈投入和永无止境的好奇心，为我塑造了年轻作家的形象。我想成为玛塔·哈里（Mata Hari）①，虽然有点害怕被逮到和拷打，但我依然会偷窥邻居的窗户，不带恶意，纯粹好奇。他们怎么生活？他们家的沙发放在哪里？他们墙壁上有什么色彩？我会偷读其他人明信片的背面（毕竟，太私人的东西绝对不会写在明信片上对吧？）。我针对母亲、父亲、姊妹及我的猫写下笔记。正在变色的树叶、公交车上的恶劣男生，还有街坊里的男人坐在绿白双色休闲布椅上聊着男人话题时，萤火虫闪动不停，有如他们烟头上的火点，这些我也都写成了笔记。

《间谍哈丽特》给我最珍贵的赠礼之一，就是让我很早就对省思产生兴趣，并且早早意识到省思的价值。哈丽特对每件事都写下尖锐又简略的记者风格式的笔记，但也对它们加以省思。先有一条笔记，再来是省思。笔记，省思——这就是我的第一堂写作课。我写下来的东西有何意义？放在哪里才合适？它会怎么改变我？尽管去窥看吧。我们都是有耳垢跟趾垢的凡夫俗子。这样总比认为我们全都完美无缺来得轻松多了吧？所以放胆窥看吧，真的，很有趣。

在你的打草稿阶段，有一部分工作是对自己的作品维持一贯的好奇。它想往哪里发展？又可以往哪里走？如果我倾听主人公的心声，他会带我往哪里去？万一到头来我的主人公并不是我的主人公呢？那会打开怎么样的可能性？一个问题自然会

---

① 玛塔·哈里（Mata Hari, 1876—1917），荷兰人，20世纪初知名交际花。一战期间与欧洲多国军政要人及社会名流都有关联，最后在巴黎以德国间谍的罪名被法军枪毙。

带出下一个问题，而每个问题都会把你往更深一层拉去，更靠近你想倾诉的事物核心。

如果你完整阅读某个作家的作品，就能轻松认出至少三到四个（可能更多）这个作者穷尽一生探究的问题。你会明白，那不是为了解决 X，而比较像是点出 X 是什么，为什么在那里，到底有没有必要。在打草稿的阶段，你正揭露／发掘作品的关键问题。继续寻找问题，那些问题会打开你、延展你，将你拉出自以为知道答案的舒适区。你借由好奇之线把自己拉出舒适区。让写作带给你震撼并扰乱你，最终它会发现你，并向你揭露你自己。

当你维持了足以倾听的好奇心和坚持态度，故事就会向你彰显它们的问题。我曾在几年后回头看自己的作品，然后说，哇，原来我当初就是在处理这个！可是我当时并未意识到。不知道自己作品所探讨的所有层面也不要紧，我想，这个"不知道"是相当重要的事，请信任它，为它现身。正如你的呼吸影响到的远远不只是鼻孔，你现身写作所喂养的对象远远不只是大纲或原始的构想，它会成为超过你想象的东西。放开自我的黄金手铐吧，它对你没有益处的。

我以前有个屹耳小毛驴 ① 的绒毛布套手机壳，有一天，在教授一门魔幻写实的课程时我把它带到了课堂上。我拿出手机，高举小毛驴，问全班同学，他们看到了什么，最显而易见的答案当然是"小毛驴"。我一直摇头。你们还看到什么？我把小毛驴握在手里，手臂远离身体。大家开始朝暗喻和抽象的方向思考。

---

① 屹耳（Eeyore）是《小熊维尼》故事集中的角色之一。

"童年。"

"悲伤。"

"快乐。"

"单纯。"

我继续摇头。还有什么？还有什么？

最后，有人会说："我看到你的手臂。"

啊。

"你的手指。"

"你。"

"白板。"

"窗户。"

很好！很好！

有时候我们必须集中焦点，全神贯注在一个对象上，然后停留在那里。可是起步时，你只需觉得好奇，别让你认为可能的答案限制你。我们以往受的训练使我们习惯了指认、分组跟归类，为了解决 X，我们认为只可能有四种答案：a、b、c 或 d——这种看法会限制你的思路。写作者一定要抗拒贴标签、量化以及物化的冲动。我们自以为得到答案时，就不会再思索那个问题。但是，如果我们意识到没有单一的答案，也意识到我们正在寻找的是可见事物底下的东西，就会对自己保持开放的好奇心。

如果我们总是太过直接地聚焦在单一的点上，就看不到它周遭的事物，不管它发出多么响亮的呐喊。在这个寻求之处，不要只看到山脉，也要看看住在山中的蠕虫，还有引发山脉从海中升起的火山爆发，然后，看看土壤下彼此相连的树根——这些东西共同组成了"山"，而不只是海拔跟气温的统计数字。记住这点：你最想逃避的问题，就是你需要起步的地方。往前行吧！（随身带着你的笔记本！）

身体小憩

　　这个练习会把焦点放在眼睛上。舒服地或坐或站。如果你平时戴眼镜，就摘下来。在不移动脑袋的状况下练习这项活动。朝着每个方向停留三秒钟。在每个方向之间，合上眼睛并休息片刻。开始啦！

　　往上看。往下看。往左看。往右看。往左上看。往右下看。往右上看。往左下看。顺序颠倒再做一遍。

目的与效果——

　　有助于强化视神经和眼肌，并且舒缓眼睛的疲劳。还有，借由提高你对自己眼睛的觉知，可以对整合身体和眼睛的运动产生帮助。精力跟随着意图而来，所以如果我们的眼睛运动零散失焦，思绪与能量就会跟着零散失焦。借由提升思绪（你的寻求）与能量之间的关系，可以培养出有意识的好奇心。你也会注意到，往上、往右或往左看时是有意识地改变焦点，等于在练习放开你刚刚看到的，并和眼前视线范围内的东西整合在一起。

实作练习

1　你好奇的是什么？你通过经验学到了什么？你从书本里又学
　　到了什么？注意心／身体学习，以及大脑／心智学习之间的
　　差异。

2　你的角色在寻找什么？用一段独白来回应。

3　替你的角色设计一场寻宝游戏。从某个对角色别具意义的对象
　　开始，让角色集中精神在那个物品上，描述它，捧着它，想象
　　它来自何方，或者它是怎么到他手里的。然后，跟随那个物品
　　的去向。

　　把那个物品当成套筒扳手似的，将你往前弹到兰德麦克纳利公
　　司出版的内布拉斯加州地图上，再让那张地图把你弹进落基山
　　脉双线道马路旁边的一家自助洗衣店里。继续走。让对象弹向
　　对象，描述得具体一点，享受那个过程，让好奇心引导着你。

4　继续自己的寻宝游戏。散个步，将好奇的事情记下来。你知道
　　沿途上所有植物的名称吗？你想知道吗？街角那栋只住了猫咪
　　的建筑物是什么样的？

5　同理心

> 你种下的莴苣，如果长不好，你不会责怪莴苣。你会找出不好的原因，它可能需要施肥、浇更多的水或少晒点太阳。你永远不会责怪莴苣。可是，当朋友或家人出了问题，我们往往责怪对方。事实上，如果我们懂得照料他们，他们就会好好成长，跟莴苣没两样。"责怪"毫无正面效果，而试图端出道理和论证来说服对方也一样——这是我的经验。不责怪，不讲大道理，不争论，只要去理解。如果你理解了，而且表现出理解的态度，就可以付出爱，然后形势就会有所转变。
>
> ——释一行（Thich Nhat Hanh，越南禅师）

穿别人的鞋子走一英里路，你将永远不同以往。作为处理同理心的方式，这个格言以各种不同的形式流传了千年。既然我们显然只能穿自己的鞋子走路，很容易就可以从这格言看出人类与同理心之间的挣扎。同理心需要想象力。我感觉得到自己的扁平足、酸疼的肩膀、近视的眼睛。我可以知道你的腰腿疼痛，或是对杜松过敏，但我无法亲身体验。写作者的任务就是要让读者彻底体验别人的生活，说实在的，这是不可能的任务，但我们可以做得八九不离十。

没有同理心的写作者冰冷、疏离又爱说教。没有同理心的写作者不会探索无法回答的问题，而是牢牢抓住已知的或自认为已知的事物不放。没有同理心的写作者会创造出代表观念或判断的呆板角色，而非活生生的人。没有同理心的写作者创造不出这样的世界——身为读者的你，即使不同意角色的行动，也能体谅他们的苦衷。

当读者在读到的角色身上认出部分的自己，就会产生这种连接。如果写作者只把自己视为善良、高贵与正义的一方，却没意识到他对自己没有全盘的了解，也没察觉到很多自认为下不了手的事，其实只要在对的情境里，弹指之间就能做出来，那么他就无法理解别人的选择。如果我是"善的"，反派角色是"恶的"，那么我怎么在他身上看出我自己的一部分？如果身为写作者的我，在角色身上都找不到自己的影子，那么读者肯定更找不到了。

看似单纯的技艺元素里，有不少都是以同理心为基石。同理心存乎于心，我们常常可以凭借才智来理解某人行动背后的动机，可是对他们依然心存怨恨和负面评价。当我们放软自己的棱角、放松紧张的下颚与紧绷的肩膀，让分析融入感情里，就可以找到对那个人的同理心。雕刻家约翰·M. 索德伯格（John M. Soderberg）说：

> 我相信，人类最关键的特质之一就是同理心，有了同理心就无法做出残暴之举。同理心居于我们人性的核心

里，事实上它"就是"我们人性的核心，因为它可以将种族、宗教和信念的藩篱化为耐人寻味的事物，同时展露我们真正与生俱来的人类尊严。以某种媒介来囊括同理心，不管是舞蹈或音乐、绘画或雕刻、简单的故事或更复杂的形式，就是我对艺术的定义。去感受，然后分享某种情绪或想法——亦即艺术的精髓——正是让我们之所以为人的关键。

我们分享故事不是要制造分离，而是要制造连接。我们说："嘿，这就是我的世界。它能够跟你的产生连接吗？你了解我吗？我要怎么了解你？"于是有了探索。你写作时，就是在对人类处境的跨国对话中贡献出自己的声音；你写作时，就是加入互相伸出触角并向世界伸出触角的其他声音的行列。如果你对某人大吼，就会拉开两人之间的距离；如果你跟那个人聊聊，就有机会产生真正的连接，也可能促成真正的改变。

要培养对周遭人的同理心，第一步就是在我们内心培养对自己的同理心。如果我们不能对自己施展慈悲之心，就无法对他人展现慈悲。如果我们不先从认识自己的旅程开始——全部的我们，而不是只有我们放心向世界呈现的那些部分——那么，我们在实践慈悲时就是有条件的，就是以恰当的行为为基础的。当你开始接受自己内在的阴影，就可以接受他人内在的阴影。接受不代表要宽恕曾经发生的行为，而是表示能够体认我们每个人都拥有的那个部分——纯属人类动物（human animal）的那个部分，并未定时打扮上教堂的那个部分。我们能不能也爱自己的那个部分？

塑造角色时，头几件要处理的事情之一就是动机，也就是事情的"为何"。是什么促使他在后院把十二株玫瑰种成了一个圆形？是什么让她在即将成为合伙人的当天辞去了工作？我们必须考虑角色行动背后的原因，我们必须体认到那些原因常常不符合我们观看世界的方式。如果我们不能找到方法对他们表达同理心，就会批判他们——当作者批判自己的角色时，读者一眼就能看穿。批判会制造距离，而同理心则帮助我们从"我们和他们"的心态，移转到"我们"的心态。如果小说故事只是狭隘地反映了我们的偏见，那么就会变成政令倡导，也因此剥夺了读者对我们呈现的角色形成个人看法的权利和喜悦。

同理心，就像宽恕一样，它不代表人们就可以谋害彼此性命，而表示我们可以超越行为，找出认识那个人的途径，发掘那个人想满足的基本需求。我们必须能够了解那种需求，但无须理解或同意他用来解决该需求的方法。除了对食物、空气、水跟居所的基本需求，我们的行动和作为，大部分都是源自对爱、慈悲、碰触、理解和情绪安全的需求。

记住，在能够真正爱人之前，必须先能爱自己。所以，或许你的角色无法爱自己，出于你替他编造的各种理由，而既然他无法爱自己，也就无法跟他的配偶建立成功的关系。他会把对自己的怒气投射到对方身上，接着引发一连串糟糕的事件。如果你继续挖掘就会发现，即使角色表现出来的反应和行动不是很有慈悲心，但其行为核心却来自那种对慈悲的寻求。

我们可以与那种寻求产生共鸣。我们可以从卸除内在欲望的外在呈现开始，找出灵魂里最深处的呐喊，碰触它，当它是孩子般的搂住它、欢迎它。替你自己，也替你的角色这么做。去找你淌血受伤的心中之心，不要像《黑暗的心》(*Heart of Darkness*) 里的库兹 (Kurtz) 说"恐怖啊！恐怖！"，而要说"我欢迎你！"对所有你可以在内在看到的、所有你的真实面貌，都请全心全意欢迎它。当我们抗拒内心（和外在）的东西时，就会给它力量，憎恨它反倒会给它操控我们的力量；但是当我们拥抱它，就会化解它的力量，让它不再能够操控我们。试试看吧，同理心可以建立连接，而批判则会制造距离。选择连结吧。

我读研究生时参加过不少研讨会，好几场的标题都是对"从他者那里的写作"(writing from the other) 稍作变动，讨论的焦点为从自己以外的观点写出动人的作品是否适合（或有没有可能）。你可以想象，小说都是从你之外的观点所写的，否则就是回忆录了；而即使是回忆录，也需要回忆录作家将自己化身为一个角色。

我想，要从任何角色、任何性别、任何社会经济地位的观点来写作都是有可能的。不过，如果你不明白你正是自己的神话、性别和社会经济地位结合下的产物，你就办不到这一点。如果身为白种女人的我想从黑人女性的观点来写作，我就不能只是说："噢，她就是我，只不过是黑皮肤。"首先我必须认清，即使我从白种女人的观点写作，她也不会是"我"。其次，我必须超越种族或性别的界限，并且找出这个女人的本质——她的人性所在，然后再回到上下文中。要保持敬意，做好研究，不要丑化宗教、地域或种族，不要用角色来说教。不过，自由地去往你的作品要带你去的地方吧。

想象这样的世界：当写作者都以深度同理心和慈悲心作为出发点，会为文学和世界带来什么样的革新？！这是一个为世界带来更大和谐的大好机会，而非为周遭的冲突火上添油。在纸页上化解纷争可以给读者这样的体验：让他可以思考、扩展、欢笑和哭泣。文学会改变人生，就从你自己的人生开始。

我的第二本小说《骨之舞》和所有的小说一样历经了多种化身。创作过程中我觉得吃力的一点，就是替这个故事找到适当的观点。我试过全知观点，也试过第三人称有限观点，更在第一人称流连了一阵子。可是我很不放心，因为其中一个叙事者是男性，我不确定该怎么写"男的"。我深信男女之间有天壤之别，我不可能跨越那道鸿沟，所以我最好还是从一个七岁的中国农村女孩的视角，而不是从男的视角来写。呃。

我的作家朋友玛丽·索杰纳（Mary Sojourner）要我试着以真心爱着伴侣的男性第一人称观点来描绘性爱场面。呃。所以，我必须思考："男人怎么做爱？"我苦苦挣扎，好不容易一个很明显的答案才从帘幕后跳了出来。嘿，傻瓜，男人也是人啊。哇。我知道这句话听起来荒唐到不可思议，但是我之前深陷在男女大不同的想法里，再也看不到男女同是人类、无关性别的那个部分。一旦领悟到这点后就万事俱备，那本小说就此展开。我思索着，身为女人的我跟恋人在一起的时候，会注意到什么事。我尽量具体、细微又专注。有了！我有个男性角色，只是他不再是囊括男性特质（更精确地说，是我个人相信属于男性的特质）的男性象征，他只是个普通家伙，对我与我的故事而言相当特定的男性，他有自己的欲望、情绪问题和模式。以下摘自那个练习：

> 他想起最后一次与她欢爱的情景，想到他把舌头滑进她嘴里之前，她就先把嘴张开的模样。还有，他在那时就知道她行将离去。他想到可以咬她，紧紧地抱住她的脑袋，让她明白她早已深深化为他的一部分，然后就会愿意留下。但是他并没有这么做。反之，他品尝她的牙齿、脖子、右耳后方，将这些妥帖地存放在自己体内。她并不知道他拿了这些东西。他用嘴含住了她的发丝，唇间尝到女用洗发水那种奇异甜美的味道，这个他也留存下来了。

光是释放"男人可以真正爱一个女人"这个想法进来，就打开了我的写作和人生。根据你的个人经验和人生选择，你的瓶颈跟我的瓶颈会有不同，可是，我们都有瓶颈。选择连接，距离就会分解消散，你就能自嘲，笑看自己那个美丽、完美中带有不完美的人类自我。

身体小憩

孩童姿势或延伸的孩童姿势

跪在地上。双脚大拇指并拢，往后坐在脚跟上，然后把两膝打开到与臀同宽。如果你想的话，可以把毛毯卷起来放在你大腿背面和小腿之间，将重量靠在毯子上，调整到舒服的姿势。

吐气并往前倾身，直到躯干靠在大腿中间。感觉自己的骶骨越过骨盆背面扩展。拉长尾骨，远离骨盆背面，一面将头颅根部提离颈背，手臂贴在躯干两侧，平放在地，手心朝上，朝着地面放开肩膀，感觉它们的重量把你的肩胛骨拉得很宽。如果这对你的肩膀难度过高，那就在身体前方伸展手臂，顺着背部往下拉动肩胛骨。双手不必举起，把臀部移回脚跟上。深深吸气到躯干背面，感觉每次呼吸起伏都按摩着整个背部。

停留在这个姿势一到三分钟。

起身时，先拉长躯干正面，然后吸气，离开尾骨向上提，感觉它往下压并进入骨盆。

目的与效果——

这个姿势可以延展你的臀部、大腿和脚踝，彻底将空气吸进躯干后侧，扩张你对胸腔区的感知。这是个休息的姿势，可以舒缓压力和疲惫，并帮助心思安宁，让你可以对更真实的自己有更多的亲密感和慈悲心。

注意：在腹泻、怀孕或膝盖有伤的情况下，请不要做这个姿势。

实作练习

1　用与你相反性别的观点写下一个场面，你的角色在其中跟自己付出真爱的对象做爱。当然，可以不用给别人看！

2　写下一张清单，列出对你而言相当关键的改变时刻。从清单里挑出一个来，借由书写深入探索这个主题。你甚至可以把你所处理的情绪加以拟人化。留意改变了你的那个情绪／实体／情境，试着写出跟它（们）之间的对话。

3　把一件无生物与一只动物拟人化。从无生物与动物的观点各写一段独白。把它们当成人类，赋予它们声音、喜恶和欲望。试试看吧！

4　你能够认出什么小圈圈或团体？跟哪种团体共处一室对你来说有困难？写出你和"对立"小圈圈里的某人之间的对白。写两遍——一次从自己的观点，另一次从对方的观点。用第一人称试着化身为另一个小圈圈里的人，试着以他的眼光来看这个世界，而不是照着你自己向来记录的角度。

6　接纳

> 说到底，下雨的时候，一个人能做的最棒的
> 事就是任由雨滴落下。
>
> ——亨利·沃兹沃斯·朗费罗（Henry Wadsworth
> Longfellow，美国诗人）

记得那首乡村老歌《有些日子像钻石，有些日子则像石头》吗？表面上看来，歌名似乎在告诉你有些日子比其他日子要美好，大家都知道此言不假，可是它也告诉你，好日子或坏日子都无法久留。每天都不尽相同，每天都是个改变。你也一样。

接受你自己，是你身为写作者跟人类的基础之一。我知道这听来很像新世纪那种老掉牙的"本周箴言"，可是容我多说一些吧。能够带着一抹淡淡的笑容、诚实且毫不畏缩地直视自己，就能提供真实材料供你发挥。过度吹嘘自己的能力或是矮化贬低自己，对你都没有帮助。人类是完美中带有不完美的存在，如果你无法坦承有待加强的领域，那你将什么都做不成；反过来说，如果你不坦率承认自己的强项，就会把精力耗费在已经颇强的事情上。

有些人在成长的过程中被教育成"吹嘘"是不礼貌或罪恶的

行为，又把承认自己的强项与吹嘘画上等号。其实，为了自抬身价而贬低他人才叫"吹嘘"，光明正大面对自己的真实面貌并不是吹嘘，而是一种诚实。有些人总是无法认可自己拿手的事，一受到夸奖就面红耳赤、转移话题，连忙指出自己更大的缺陷。

"你穿那件衬衫很好看。"朋友说。

"哦，这个吗？在二手店用一美元买的，只是破东西啦！"

练习接受夸奖，练习夸奖自己，练习夸奖别人，都会有帮助。相信你值得拥有目前的生活，相信你可以、将会、正在对世界做出正面的贡献。

当你以贴近现实的眼光看待自己，就会以同样的眼光来看待写作。如果我们自认为完美无缺，就听不见同侪对我们诗作的有益评论，而如果我们认为自己做的每件事都是灾难，就看不到隐藏在那些诗句里的美。写作是一种需要下功夫的艺术，写作的训练是持续不断的终身学习。如果我相信自己无所不知，那种傲慢会转移到书页上，那么我就无法到达这样的境界——让自己的作品可以有效沟通。不过，如果我相信自己一无所知，而且永远会这样下去，也会产生同样的结果。

接受自己的真实面貌，有一部分在于接受你身为写作者的身份。回忆录作家马克·斯普拉格（Mark Spragg）来我教的课堂上谈话，他告诉学生，他过生活的方式就是按照他心目中作家会过的生活。他在自己喜爱书籍的书封上，看到那些作者是农民、探险家或隐士，他们并不会感谢自己的艺术创作硕士课程或艺术家圈子赐予他们时间、空间和灵感，他们只是过着自己的生活，然后靠着一股非写不可的冲动将自己的生活写下来。斯普拉格觉得我们需要更投入生活，而不是一心只想当作家。你要么是个作家，要么就不是，不要浪费力气去思考这件事。

成为一个写作者是一种观看世界的方式，是一种整合自己每天接触到的信息的方式。如果你是写作者，就不能不当个写作者，这就和你不能不呼吸空气一样。如果因为当个写作者太不方便，或者因为害怕或自觉不够厉害，而试着不去当个写作者，你会注意到自己受到压抑的真正自我会从其他领域突显出来。你可能对某件事着迷成瘾，你可能发现自己变得愤愤不平或意志消沉，你可能会把自己的人际关系归咎于缺乏自我实现……每个人将自己跟天赋隔离开来的理由各有千秋，可是迟早，那份天赋都会要求被听见。如果你现在就耕耘这段关系，对自己和世界来说，都会好很多。

把写作捧在自己的心口上，不管你是写日记、散文或为自己的孙子写回忆录，这就是你真实面貌的一部分，它跟其他生物一样要求得到同样的氧气。当你喂养它，它也喂养着你。你刻意不给它食物，它就会变成寄生虫，用你最料想不到的方式榨干你。用类似刷牙习惯的亲密感和规律感将写作带进你的生活，将它视为你真实面貌的一部分，它不是你所做的事，而是一种存在的方式。少了这其中的哪一项，都绝对无法满足你和它。

要正确无误地看清自己并非易事，要正确无误地看待自己的作品也一样困难，这也是为什么写作者需要团体或同事阅读他们的作品，并给予回应。他们知道自己没办法看得通透，他们想要诚实的评估。磨炼自己的技艺越久，就越能客观看待自己的作品，久而久之，你会越来越进步。客观是种关键技能，让写作者可以有效修订和分析自己的作品，如果你无法从自己的作品中抽离出来，以客观诚实的态度看待它，你就做不到这一点。

你坐下来写作的每一天都是不同于昨日的一天，而你也是不同于昨日的人。你点燃了不同的触媒，让不同的回忆在四周飘游，身体里有不同的感官反应。当写作顺利进行时，请注意到这点，轻轻微笑，然后继续。而写作不大顺利的时候，也请注意到这点，轻轻微笑，然后继续下去。

当你抗拒自己的置身之地，就会在身体和思想中制造阻力和紧张。写作不顺利时，我们往往指天骂地，绷紧下颚和肩膀，呼吸变得短促，把精力用在抵抗上，因为我们把焦点放在自己卡关的困境，而没有意识到这个特定的写作不顺只是暂时的，明天的形势会有所不同。当你判定自己有写作瓶颈，不想再实验下去，就注定会遇到瓶颈；你就不会成为写作者，而会把力量平白送给昨天那个短暂的时刻——请不要这么做。

我知道这种做法很诱人。如果你读过作家回忆录或描述写作生活的相关书籍，就会发现书里时时提到钉坐在椅子上的必要性。每个写作者都会找出处理那种抗拒感和写作不顺遂的方法——一个写作者必须找出方法。你开始觉得（并不是合理化），当你钉坐在椅子上时终会有东西浮现，而当你未现身或在不自在的第一时间就走开，就不会有多少东西浮现。

某些日子里，你顺应变化的能力较差，纸上的字数减少，而漫无目标的书写却变多了。但是，如果你学着接受这种日子，就等于替未来的好日子打下根基；在那些日子里，你顺应变化的能力极好，写出了令人惊艳的词语、概念，以及焦点集中的作品。你如果能把写作当成生活中密不可分的一部分，那么你跟写作之间关系的起伏变化，看起来就不会那么吓人或严重。就像有时候你和朋友聊天，仿佛各自活在平行宇宙，而在某些日子里，你和你的写作也会有同样的感觉。

认识到自己的局限，但不要让它们成为一生的判决。不要说"我写不出抑扬五步格"（一种英文诗歌的形式），而是说"我今天写不出抑扬五步格"。然后，如果抑扬五步格就是你追求的目标，针对它好好阅读和练习，明天又是新的一天。不下苦功夫，你明天还会遇到同样的问题，新的一天并不替你带来美妙的技艺。接受自己需加强的地方，能让你打好扎实的基础，而非坑坑洼洼布满你对自己能力的妄想。这门关于"无常"的功课教导我们，不管我们目前有什么感受，都是会过去的。接纳的功课让我们可以在写作过程的每个环节里找到愉悦。

实作练习

1　写一封情书给自己，喜欢从什么观点来写都行。你可以实验不同的观点。比方说，一封信可以是你写给自己的，另一封是你情人写给你的，再一封是你书中角色写给你的，以此类推。

2　把你写作上的强项和弱点列成一张清单。你可以做些什么来解决这些弱点？提出具体想法，不要只想着"多阅读"。找到能集中火力处理你弱点的书籍。比方说，如果你自认对白的能力不强，不妨读读大卫·马梅（David Mamet）或艾丽斯·沃克（Alice Walker）的作品，看看他们是怎么做的。如果你设定场景的能力不强，读读詹姆斯·阿吉（James Agee）的《亲人之死》(*A Death in the Family*)或是拉里·麦克默特里（Larry McMurtry）的《孤独鸽》(*Lonesome Dove*)。如果你觉得自己塑造角色的能力不强，试试托妮·莫里森（Toni Morrison）的《宠儿》(*Beloved*)或是塞纳·杰特·奈斯兰（Sena Jeter Naslund）的《四种精神》(*Four Spirits*)。拓展自己的体验。

3 试着写一首吹嘘的诗，主题是你擅长的事或你欣赏自己的地方。无所顾忌地放开来写，不要怕这些文字听来很傲慢。告诉全世界你有多棒，然后放声大笑！

7　关系

> 小猪从小熊维尼的背后悄悄靠近。"小熊！"
> 他低语道。
>
> "什么事，小猪？"
>
> "没事，"小猪牵起维尼的熊掌说，"只是想确
> 定你在。"
>
> ——A. A. 米恩（A. A. Milne，英国作家）

每个新学期，都会有一些学生在刚跨过人生重大的门槛（比如离婚或退休）后重返校园。他们当中有不少人在几十年前就上过创意写作课，现在觉得相当挫折，因为既然他们都准备好了，他们很困惑自己为何无法像斯蒂芬·金那样源源不断地写出一本接一本的书。我花了点时间才弄清楚学生们这类问题的核心所在，并不是他们不够聪明或不够饱读诗书，重点在于他们这些年来并没有和写作好好维系与滋养一段关系，所以它索性放弃了，不再等他们现身。

每个写作者都与自己的写作有一种独特的关系，写作人生的危险、愉悦和挑战就在这份关系的动力里吞吐呼吸。正因为写作者往往不把写作看成是一份关系，而是有待完成的任务或等待实现的目标，因此他们会遇到教科书中并未提及的让他们

深感意外的问题，这些教科书教导他们的是如何写出扎实的对白，或创造出跃然纸上的角色。

回想你毕业十年或二十年后的高中同学聚会。如果你年纪还太轻，就想想那些断了联系的朋友。如果你偶然遇上那个人会发生什么事？那个人可能是你十五岁时的人生挚爱，可是二十年后，你发现你们视线越过水果酒钵的上方睽着对方，纳闷两人要怎么聊得起来。原因显而易见，因为过去你们并未下功夫维系彼此的关系，所以两人之间的鸿沟已经大到难以跨越。

你和写作之间的状况并没有不同。你如果没有与写作形成一段关系，并加以维系、滋养，那么每次回到纸页上就得从头开始——类似"你是什么星座"那种层次的粗浅对话。当你启程踏上写作者之路，投入的程度必须等同面对自己的伴侣、孩子或是知己，这趟旅程不要只走到半途。你会发现自己对写作感到挫折与愤怒，你会听到写作课上遭到严重误用的那些字眼不自觉地溜出你的嘴唇。"写作就是不在！"然而，那个说法的真相是：你自己之前一直都不在。当你独自在餐厅等待约会对象现身，你愿意守候多久？写作并没有不同。

我写作课堂上的学生最常发出的哀叹就是，他们没有足够时间可以开始／完成／投入写作计划。"等我把孩子养大……"或"等我退休……"，甚至"等我中了彩票……"这类句子我听过好多好多。这些话暗示着写作是未来某个时间点才要做的事，非得等到天时地利人和。这些话暗示写作只是一种外在活动，可以留待人生尽头的一大段时间里来处理。

这个逻辑里有好几个漏洞。首先，尽管有那些省时节力的机械装置，很多人还是觉得自己的时间比以往都来得少。然而，这不是真的。我们所拥有的时间一直以来都是一样的多，是我们对时间的认知失去了平衡。我们并未缩短日子或钟点时数，而是填塞时间的事情增加了，而对很多人来说，我们用来填满时间的事情正好让自己更加远离了想要得更多的东西——当下的时刻。不要抱怨"我完全没时间"！请重新评估你和时间的关系。你对自己目前所处的时间有多少觉知？你是如何有意识地填满时间？事实是，我们不知道自己能否抵达那个"涅槃"境界，在那里，所有的账单皆已付清，孩子都长大离巢，而我们依然身强体健——我们甚至不知道自己是否还有明天。

其次，想象自己说"等最小的孩子大学毕业，我就要加入纽约爱乐乐团"。然后想象自己参加试奏，把小提琴从琴盒里拿出来（过去二十年来每年才拉一两回），接着期待自己荣登第一小提琴手的宝座……这样的概率又有多少？可是不知为何，大家好像常常认为无须持续一生的写作练习，就能一鼓作气写出一本完美的小说，卖掉它，进账一百万美元后搬到巴哈马享受退休生活。这种想法很不合逻辑，因为唯一存在的时间就是当下的此刻，现在就写吧！

另一种方式也会伤害我们和写作之间的关系，那就是朝自己身外寻求答案。我们参加研讨会议，与"真正"的作家打交道，或砸下超过我们所赚的钱来买书（那些书保证你半年就会马到成功），但最后往往沦落到这个地步：架上塞满布满灰尘的书，欠下一屁股债务，还因为耗费精力却没有找到写作秘方而自我厌恶。

　　我看过这些学生带着一沓沓手稿出现，他们心系那些手稿，却也对它们感到嫌恶。他们希望来我这里找寻写作秘方，但当我坦承手上并没有秘方时，有些学生就退课离去。对我而言，这种朝外寻求的悲剧在于，这些受挫的写作者当中有不少人的确才华横溢。他们观看世界的视角不只是相当可贵，也颇有必要，很多人甚至知道自己独具天分。不过，他们依然不得志。当学生问起什么事情该怎么做，而我据实相告我不知道时，我可以听到他们的内心独白：她可是老师啊！怎么可以不知道答案？可是，写作不是数学，它没有所谓的标准答案，除了在你自己的道路上向你显现的那些答案。

　　如果你和自己作品之间的关系尚未打造扎实的基础，想写出有力的对白就等于你每个月在钢琴上练一次音阶，却希望这样就足以与乔治·温斯顿（George Winston）① 联袂巡回演出似的。是的，是有可能，但可能性极低。当然，技艺非常重要，我无意贬低能写出逻辑的句子、在场景里营造张力，或成功组织故事结构的重要性。可是，那是不够的，光靠理论无法成就一位作家，学生们正因为意识到这点才觉得心灰意冷，也因此到最后才走到了作品的危机临界点。这个危机点会有新的思路出现，让他们能够脱离心智的规则和限制，进入广阔的身心游乐场。

　　不少抵达这个点的写作者认为读研究生是个解决之道。可是，攻读创意写作的艺术学位除了两年的硕士课程之外，并不

───────

①　乔治·温斯顿（George Winston, 1949—　），美国作曲家、钢琴家，多次获格莱美大奖提名，每年因乐迷的强烈要求而进行上百场全球巡演。

表示你还能专精些什么。你可能会找到更多可供差遣的工具，证实自己对作品相当投入，但并不会因此替自己写作的所有苦恼找到钥匙。没有钥匙解得开所有写作的谜团，一旦你解开一道谜题，另一道就会随之显现。一旦你通过一个棘手的情节建构、研究题目、对白问题找到了办法，你所做的也只是解决了特定问题，并没有解决所有未来会出现的情节问题，也并未发掘出写作的圣杯。你无法凭借意志力让写作呼之即来，挥之即去。你可以通过有纪律的实践，与写作培养亲密关系，让你与写作同时蒸蒸日上，可是如果你凌晨三点在键盘前坐下，下令"写！"，你得到的结果可能只是一些勉强写出的文字——如果有任何文字出现的话。想想当有人命令你做什么时，你自己是什么反应。你的写作也一样。你希望别人怎么对待你，就怎么对待写作。

我真心鼓励你把写作实践当成一段关系，抱持着互相尊重的态度，就像任何的人际关系，必须保持健康的边界。另外，也别让自己被写作给完全束缚住，被迫用它的节奏来衡量自己的生活。外面还有广大的世界，你应该先去体验，这样等你回到桌前，就有东西可以写。

偶尔不碰写作也是健康的做法，让彼此喘息一下。纪伯伦说："你们站在一起，但不要靠得太近。"就跟人际关系一样，这点也适用于写作。我并不鼓励你一口气休息几年，但是如果你真这么做了，要知道事后你不只是回到电脑或笔记本那里，而是重返一段关系之中。把它当成关系，不要期待事情马上就能从你当初离开的状态衔接下去。如果你已经为它留出空间，做起来就不会那么吓人。尖声嚷着"我没办法稍微离开它喘息一下！我甚至没办法一周坐下来三次！"的写作者，显然还没有把衣橱清出空间，好让写作搬进来。这是种同居关系。你不能只是跟对方约会一下，就巴望着那火花可以永远维持下去。在你的生活中为写作挪出空间，不要只分给它一半的内衣抽屉，让它呼吸、成长，带给你惊奇。不要把它束缚起来，告诉它该写什么故事或该用什么韵律。彼此尊重与信任，才能走得长远。

这乍听之下可能很荒谬，可是我想呈现给你的，就是让你的写作生活从抽象走向具体（这是我们在写作中总在做的事）的方式。你对任何事情体会得越具体，你的尝试就能带来越多的收获。把写作拟人化，让它成为你人生中的一个角色是个很棒的练习，也能帮助你跟它建立关系。如果作家用了太多抽象观念，会让读者很难产生连接，同理，如果只是依循着某个抽象概念或"外面"某处理想的想法，你也很难跟自己的写作产生连接。把它带到你家里，查出它穿什么尺码的牛仔裤，它爱喝咖啡还是茶。那是一种平等的关系，而不是建立在你是上司或它是主人上的阶级关系。在你所有的行动里，寻找那种中介空间。

就像所有关系一样，它也有颠簸起伏，有沟通不顺畅、被所有事情惹恼的时候。如果你能透过关系的镜片看待这些时刻，就比较不会喊冤抗议，然后放弃写作。每件事都有不同的阶段，拥抱每个阶段所教导你的东西，并且清楚知道它只是暂时的。

跟你作品之间的第二层关系，适用于你正在进行的个别写作计划上。你小说里设定的每个角色，就是一段与你形成的关系，你跟随角色体验属于他们的旅程，而不是将旅程强加在角色身上。你读得越多、写得越多，就越能感觉到（并非思索）那些故事，你会开始感觉哪些情节转折很庸俗，哪些很有创意；当你在用夸张的模仿而不是塑造角色时你会开始感觉到。这些单靠想是不会知道的，你得靠感觉才会知道。用敞开的心胸、好奇心、谦卑和接纳来与你的角色面对面，然后，拿起笔来并且倾听。

当我们捕捉到完美的文字组合，得以精确表达出内心的感受时，那股油然而生的喜悦是少有经验可以匹敌的，此时大脑会释放内啡肽。我们带着绝对的敬畏感，往后靠在椅背上，迷恋起自己的作品。久而久之，那种迷恋逐渐成熟，我们就会看出自己的强项和弱点。我们会认识到要和自己的写作建立深度关系仰仗的是这点：能平等拥抱自己擅长以及不擅长的。接受这个矛盾，喜悦就会随之而生。欢欢喜喜进入那份关系时所写出的作品，质量与内容都将超乎我们原本的想象。如果我们信任这个写作过程，这份逐渐深化的关系就会一再地回报我们。我们现身在纸页上，写作也会现身在纸页上。当周遭的世界崩溃瓦解，写作会支撑我们，就像一条受人珍爱的牛仔裤，用带有瑕疵的舒适、耐久、弹性跟安全团团包裹住我们。

实作练习

1　写一首诗、一个故事或一封信给你的写作。如果你想，也可以把写作拟人化。

2　带你的主人公出去吃午餐。用笔记本计划一场"跟他或她的约会"。她想去哪里？她想吃什么？他想看什么电影？趁这个机会好好享受与笔下角色之间的关系。

3 访问你的角色，以传统记者的手法或随性不正式的采访方式进行皆可。

4 制作一个时尚杂志里可以找到的那类男女"关系"小测验，用来评估你和自己写作之间的关系进展。实验看看！你注意到什么？

5 在你的家里创造一个写作的专用空间。不必是一整个房间，也许只是专门给你和你的写作用的桌子或小角落。你可能得花点时间才能找到合适的地点，但很值得，这么做等于是尊重你自己和你的作品。

6 为你的写作创造内在空间。运用日志来发掘你的内心哪儿有空间让写作好好呼吸。查出让那个空间拥挤不堪的是什么，有什么可以丢弃的，又有什么可以添加进去。

7 招待你的写作喝酒和吃饭。做点具体的事来"追求"它。长此以往，想办法让这段浪漫情事永久保鲜。

第二部　深度写作

机会被大多数人错失，因为它穿着工作服，打扮成了工作的样子。

——托马斯·爱迪生（Thomas Edison，美国发明家）

呼吸循环支撑着我们的生命，这个循环我们每天要完成两万五千次以上。持续的呼吸——吸、停顿、吐、停顿——是我们身体的引擎。持续的写作练习，也会支撑我们写作生活的核心。我们必须现身，再三拿笔在纸上书写，不管有没有灵感。

在第二部分我们要谈的是写作技艺。当你不去留意场景该如何塑造出来、观点该怎么运用，或是怎样替句子下标点最好时，导致的结果就是杂乱无章的写作。不留意细节就是不尊重读者与这门艺术，我们在这里会讨论一则故事、一首诗或一部回忆录的关键元素，那些元素对于创作扎实易读的作品都是不可或缺的。现在该是时候把你精彩绝伦的意识流日记拿出来，接受它们的本来面貌了——它们就是意识流日记。

现在继续往内在走，怀抱着谦卑之心承认还有不少工作有待完成，比如塑造角色，对内容进行修订或微调，而你现在有勇气做这些工作了。如果没有这种勇气，就无法进行这些调整。

这个部分会帮助你找到拥抱作品本身的方法：尝试错误、

失误的起步，以及永无止境的发掘时期，在修订时不屈不挠地追求精确度。严肃的写作者知道写作需要付出什么，唔，就是"写"。严肃的写作者知道手上的素材必须经过处理、再处理，才会开始呼吸。严肃的写作者知道自己并非绝对可靠，更知道初次（或第二、第三次）从自己笔尖落下的文字，绝非完美。

　　对许多写作者来说，最艰难的部分其实就是写作过程中"钉坐在椅子上"这件事。对这些写作者来说，谈论他们打算写的东西，或计划自己写作之后要过什么样的生活，远比写作本身愉快得多。可是当然了，在抵达双手捧着自己的书这个点之前，你要做的一定不只是讨论写作和梦想荣获国家图书奖，你必须坐下来，拿起笔或打开电脑，然后开始把文字符串在一起。

　　本章节会帮助你找到那些可以把文字挂上去的线。

身体小憩

　　投入写作期间，你可能会发现自己激动难安，或者觉得需要一点灵感和能量。试试这个：

　　1　如果需要让头脑冷静，试着躺在地上，身体转到右侧，深深呼吸。这个姿势自然会让重力微微关起右鼻孔，增加左鼻孔的氧气，这样能让头脑冷静下来。

　　2　如果需要刺激身体或是写作过程，那就躺在地上，将身体转到左侧，深深呼吸。这个姿势自然会让重力微微关起左鼻孔，增加右鼻孔的氧气。这能让身体温暖起来，增加能量流。

8　自我觉知

在即将到来的新世界，不会有人问我"你为什么不是摩西"，而会问我"你为什么不是苏斯亚"。

——苏斯亚拉比（Rabbi Zusya）

自我觉知是深度写作的基础原则。自我觉知很重要，因为当你从一个不带批判而且诚实无欺的观点来看待自己和世界，就可以清楚地看出你在写作上需要精进的领域。如果你对自己的强项与弱点没有实际的认识（或拒绝面对），就会耗费远超过必要的时间在困惑与摸索。每位写作者都有强项和弱点，没有写作者能够完美掌握写作的所有元素。认可并尊重写作自我的强项和弱点，将使你越来越接近深化技艺的目标。

好好利用自己的强项是人之常情。如果我们真的很擅长写对白，可能会在作品中运用大量的对白；若觉得对情节布局没那么拿手，就会发现自己写出来的故事偏向以角色特质来推动情节——这都是理所当然的事。可是为了要成长，我们必须进入自己的非舒适区，我们需要学习怎么在情节布局的大海里轻松畅游，就像我们在对白的河流里那样。我们的任务之一就是要诚实评估，对写作过程的哪个部分最有共鸣，而哪个部分则是你宁可啃掉手指也不想处理的。

我们来看看基本的写作过程。关键在于过程。写作需要步骤，任何大一英文的教科书都会强调这些基础项目。虽然每本书使用的词有些微的差异，但基本上将过程全部分解为两个部分：打草稿和修订。

打草稿也称为脑力激荡、自由写作、发掘、质问、尽情表达，以及好多字尾带有"ing"的其他字眼。这是个发掘之地，我们在这里享有不受阻碍的真正自由，能够摆脱自我的控制。我们可以用意识流的风格来写作，不用担心文法和语意那类恼人的东西。不必写成段落，在这里，我们写的一切都有可能成为阶梯，带领我们前往另一个层次。打草稿也包括完成作品的初稿。这个阶段的世界是玫瑰色的，完美，充满神奇，我们得以尽情嘶吼，尝试错误的起步，摸索我们的角色，以及给自己种种惊奇。

打草稿是个包容接纳（receptive）的地方，牵涉到聆听、后退一步、敞开心胸……一切都是可爱的。我们对自己的构想兴致勃勃，对自己的角色满怀热情，而且充满挖掘这则故事的冲劲。这个阶段有一种"快感"（rush），或者说是一种热情。我们等不及开始写作，希望把所有时间都花在这个让人敬畏和惊异的空间，然而，只要有一个写作者深爱这个阶段，就会有一个写作者觉得自己即将被这样的迂回摸索给生吞活剥了。

我们得知道，停留在打草稿阶段的写作者最后可能会有塞满抽屉的日记或随笔，虽然这些东西对个人成长裨益良多，却找不到可达到出版门槛的小说或诗作。他会有个基础，但缺乏真正付梓的作品。自认作品在初稿阶段就很完美的写作者，并不能算是个写作者。

　　写作过程的第二部分是修订阶段，其中包含若干步骤，这是左脑派上用场的时刻。我们往后退一步，以批判眼光来看待自己的草稿，然后操弄技艺工具加以精雕细刻，因此我们在草稿时期所挖掘出来的核心，就可以成为让读者产生连接的东西。

　　这种能量是活跃的，充满了"做"，有时得在删减和修剪上毫不留情。这是工作。在这个阶段，我们举起草稿阶段四处蹦跳、吱吱作响的那把火，用水浇熄；只有燃料来源最丰富、韧性最强的燃烧点才会延烧。我们可能越来越厌恶或厌烦自己的作品，因为跟原本想的有差距。这个阶段的基本性质就是精密的工作，它很刺激，很具激励作用，是的，还有些东西等待发掘，可是，它仍然是工作。同样的，深爱打草稿阶段的写作者，往往非常抗拒写作过程的这个部分。

　　在此，我们拟出的草稿越多越好，这可以让作品抵达真正的成功。写作会议上有个常见问题是："你前后要经过几次草稿？"这个问题没有正确答案，每份写作计划各有不同需求，因此需要写几份草稿就写几份。唯一的保证是，永远不只需要一份草稿。初稿只是个开端——把这句话写下来，贴在工作空间的显眼处。

　　修订阶段是我们往后退一步，用新鲜眼光看待自己作品的时候。我们重新开始，脚下有着坚实的基础，在稳固的立足点上，让事情开始成形。我们一直在学习的所有技艺终于可以派上用场，此时我们越用写作者的眼光来读自己的作品，对作品就越有帮助。选择什么观点会衍生哪些情况，这种知识在这里就能用得上。在这里，你会决定运用穿插解说的对话（interpolated dialogue），或导向更多细节的对话（modulated dialogue）。在这里，你会制造步调、张力以及具体的意象。这一步也是个编辑和校对的时刻，你把句子像琴弦那样拉紧，直到它们唱出乐音。你微调遣词用语。你删除赘字。

当然，如果写作者只做这部分，还是不会有足以出版的作品。他可能会有一连串文法正确的句子，但缺少核心。只写了三句开场白就对着这些句子担忧烦恼，这样的写作会把时间都耗在开场句子上。

最终的目标是要从结合的地方开始写作。我们希望将这些活跃与包容的元素串在一起，这不是二择一的关系，而是两者并存的关系。如果你深爱自由写作和书写随笔，那很棒。但是你必须下功夫的领域是打草稿和修订的过程，你对技巧问题和句子层次的选择必须抱持同样兴奋的态度。如果你很爱把一个句子修到完美的地步，那也很棒，但务必在自由写作这片未经探索的水域投入一些时间。在两个大海里游泳吧，作品会更加丰富。

思索"自我觉知"这个概念时可以同时思考一些问题。促使你写作的是什么？换句话说，你究竟为什么要写作，而不去啃薯片看球赛？我坐在办公室里望着矮松树梢，想不出有什么好的理由可以让你非得拿起这本书，或让我非得写下这本书。我无法想象为什么会有人付钱要我做这种事。我的心智／自我在这个阶段开始以强势的态度来理解事物，也开始无情地抨击自己。对于全心投入、找时间做自己的事，经纪人知道我在这方面的能力有多差吗？她知道我用多少方式拖延，知道我耗费多少力气避开嘴上老说"热爱"的这件事吗？我是真的爱这件事，还是别无选择才做这件事？一屁股坐在沙发上，打开电视放松大吃不是很棒吗？不止一次，我好希望自己可以那样做。不止一次，我好希望自己可以把内在这股动力关掉——可是幸运的是，这种状况通常不会持续太久，因为只要我彻底想过，最后脑海就会浮现更深层的问题：

> 那我要做什么？
>
> 如果内在没有发出召唤的声音，我要做什么？
>
> 没有了这个声音，我会变成怎样的人？
>
> 写作在多大程度上定义了你这个人？或许这样问更好——不写作在多大程度上定义了你这个人？

每年我总是看着新一批报到的创意写作课的学生，然后暗想——哇，他们可真勇敢。他们回应了写作的召唤——也许他们不知道那是什么——可是他们知道自己内在有某种驱动力是必须注意的。他们为了现身，反抗着代表实际主义的声音，跟自己的希望征战。他们尚未想通的是，他们不是现身来做什么的；他们现身是为了倾听自己更深层的内在，那些东西深到超乎他们的想象。这是个棘手的地方。心智／自我提出卑劣的问题：你要怎么讨生活？你有什么有意义的话要说？这世界根本不在乎。再也没人找得到出版机会。你是在浪费时间，明明可以去_____（自行填空）。你得先跟这些恶魔战斗，才可能实践深度写作，你可以逐一检视这些恶魔，就像你一个字接一个字地写，它们就不会有那么大的威力了。

写作远远不只是拿起一支笔——不过当然了，最终还是得提笔书写。我们首先必须处理横亘在我们的心与纸张之间的东西。不管要不要把出版当成目标，无论谁都可以享受写作以及写作的益处。写作除了是一种沟通形式，也是省思与思索。写作让我们在有所反应之前，可以先暂停脚步。我们可以解决个人层面和全球层面的问题。

请你真正花上片刻的时间思考自己为何写作。有个方式提供给你，那就是反过来想：借由通过指认"不在的"（missing），来指认存在的。如果你诚实检视自己不写作（拖延或逃避写作）的理由，就会找出写作对你为何如此重要的线索。尽管去吧，试试看，把它记录在你的过程日志里，不必让别人看到。

实作练习

1 你等于自己的写作吗？你是谁（是什么）？谁在写作？从一张白纸开始。暂且将自己想象成空的（你可以对自我说，这只是个练习）。你是个可以换气的空腔室，体会那个意象。你是洁净的、清澈的，没有来自过去的包袱，对未来也没有欲念。你纯粹又完美。从这里开始，自由写作十五分钟。

2 以一段文字说明如果你不写作，生活会是什么样子。请具体叙述——那种生活里有些什么，没有什么。尽量避免模糊的"感受"字眼，比方说"悲伤""空虚""寂寞"，而是描述那些感受（只要你有所感）是如何在你的场景里显现的。

3　你相信诗歌作品里有某些固有的价值吗？小说呢？文学呢？你相信它的重要性在什么地方？文学让你有什么感受？随意写上十五分钟。

9　过程 vs 成品

> 荃者所以在鱼，得鱼而忘荃；蹄者所以在兔，
> 得兔而忘蹄；言者所以在意，得意而忘言。吾安
> 得夫忘言之人而与之言哉！
>
> ——庄子（中国思想家）

教授创意写作越久，对我来说，强调"过程"重于"作品"的需求就越明显。也许因为我们的文化往往极度聚焦于成品、结果和成果评估，在结算学期成绩的三天前，学生们纷纷来到办公室问我，如何能顺利修完这门课——如果他们每人给我一美元，我一退休就是富婆了。这个趋势是，拿到好成绩比成为一个成熟的写作者显然更为重要。同样，我注意到写作者（尤其是刚起步的写作者）总把焦点放在最后的成果上，他们会提出营销问题，包括怎么找经纪人或出版商，也会问起预付版税、巡回签售会，以及如何得到美国脱口秀女王奥普拉·温弗瑞的青睐。他们很少阅读。他们连一本小说甚至一则结构完整的短篇故事都还没写出来呢！可是他们已经开始设想会取得什么成果，因为驱使他们的就是那个成果，而非写作这项艺术本身。

我告诉他们，成品不重要，至少在开发写作的阶段并不重要，但我知道他们不相信我；我想我在十八岁的时候也不会买

这个账。他们一旦开始出版作品就会明白，这份工作并没有改变，还是在那里。出版并不会梦幻般地改变他们的人生，让他们成为更好的人，让他们转眼获得做梦都没想过的财富，或是带来世界和平。因此，如果运气好，他们可能开始醒悟，也许出版并非这一切的重点。

如果你紧抓着出版这一目标不放，把出版当作写作者的成功标志，那么等于白白送走自己的力量。显然，从事写作的人大部分都想出版，因为我们的目的在于与他人沟通，我们试图建立连接。可是，出版的过程里，有大部分情况不受我们的控制。潮流会改变，编辑会离职，杂志创刊又停刊，没有任何保证可言。一旦真的出版了，生活也不会有重大转变，我们依然只能面对与空白纸页之间的关系。我们依然有新的素材。出版前的相同焦虑并不会奇迹般地消失不见。如果我们把个人的成功或失败与出版结果紧紧相系，就注定让自己持续遥望未来，用完全不在我们控制中的事情来评断自己当下的行动；简而言之，这么做是在自讨苦吃。

我写作是因为我无法不写作。我确实想要沟通，也希望我深爱的作品可以在世上找到容身之处，可是如果我这辈子连一本书、一则故事或一篇文章都卖不掉，我还是会笔耕不辍。我很清楚这点是因为连续多年我的作品都卖不掉，但我还是写下去。写作会比职业、伴侣和宠物的关系来得更持久，写作本身就是我们人生的连续体。写作并不是有待完成的任务，而是我们终其一生有待滋养和耕耘的关系。

由一个出版过作品的人来劝你不要担心出版的事，我明白这番话听起来有多荒谬。当然，说总是比较容易，是吧？但是请你了解，我不是劝你别出版，我只是建议你写作。不管何时，只要能写就写。太累不想写的时候，写。你深信写出了旷世巨作，或是根本无话可说，或想说的话多到写不完的时候，写。你不写作的时候，就阅读。如果你把写作和阅读这个模式持续下去，会更容易达到出版目标。你会有工具做这份工作，而这份工作会变成你的生活方式。你会看出，出版就和天气一样变幻无常，但是你仍然会继续写作。写作是常数，是你站立的空间。

在设定目标与欢乐的迂回漫游之间找寻平衡，是每个写作者都会面临的挑战。为你的写作生活找个方向，也就是制订一个从容的计划还是挺重要的。我在严格求快的目标里所看到的危险就是，成功与否完全取决于达成那些你不见得掌控得了的目标。你无法掌控出版潮流，出版界没人料到会发生"九·一一"，更没人料到这件事会如何改变出版物的类型，更重要的是，它改变了消费者选购的书籍类型。

每个人处理这种两难的钥匙都是独一无二的，因为解决方法就在你和自己的关系里。你对自己的习惯与模式有多熟悉？你在压力下运作的状况有多好？你在人生中利用压力来达成的是什么？你对达成目标这件事有多专注？

你很可能属于以下三种阵营中的一个：一，你会设下众多目标，充满冲劲想要达成。一旦达成后就设下更多目标。你总是在追求。二，你设下很多目标，但若没有达成就是功败垂成、觉得挫折，最后断定自己什么都办不到。或是三，你永远不设定目标，只是顺其自然，认为该发生的就会发生，结果产生很多起了头的写作计划，却少有贯彻到底的。不要担心，如果你在这些阵营里认出了自己的部分特质，你并不是个坏人，也不是个前途无光的写作者。你只是个凡人。

写作就像其他工作，你必须为它现身。在美国，我们几乎天生就有设定目标的基因。我们设定截止日期以便敦促自己做点事。这没关系，可是要明白，你是在骗自己，给自己做那份工作的动机。我想，当你不管目标为何，都要找出方法做那份工作时，就会发现你的写作已经就此开始了。

我想强调的是，我不是建议你永远不设定目标，也不是叫你永远不要期待在人生中达成什么，我只是希望你可以尝试新想法，把精力从不断寻找中转移开来，专注于持续的练习。你现在所做的事，会让你拥有自己正在寻求的未来。

假使你的屋顶需要修缮，狂风把几片木瓦刮掉了，你不能再拖延下去，应该赶紧爬上屋顶收拾残局。目标是什么？修理木瓦，对吧？上屋顶你需要什么？梯子。把梯子想象成意图。比方说，我来上写作课，因为我想出版作品。好，很好。这个意图让你走出家门踏进课堂（或登上屋顶）。但是一旦上了屋顶，你不会把梯子拉上去，你必须放开梯子才能处理瓦片的问题（除非你有六七只手！）。

写作也是一样的道理。如果出版的欲望能让你坐在椅子里好好工作，那也很好，只要能把你放进椅子的都好。可是你一旦坐定就放手吧，好好陪在自己作品的身边，如果你任由那份欲望进来，那份欲望便会在你面前以更魅惑人的姿态起舞，它不像啦啦队员那样将你往前拉向目标，而会让你在原地打转，直到再也不记得当初坐下来写作的初衷，也不记得自己希望说些什么。一直与欲望共舞的结果将搞得你疲惫不堪，写作的事等以后再说吧，这回欲望胜出。

我不认识有哪些写作者（包括我自己）是不需要学习管理欲望的。欲望可以是很多东西，不一定是出版（它会让你在网络上或《诗人＆作家》杂志上无止境地寻找可以寄发作品的地方，而非让你着手开始工作），也可能是对同伴的渴求、对花钱消费的需求、对暴饮暴食的需求。沉溺于任何事情的需求都能让你无法坐定，将屁股黏在椅子上。我当初买笔记本电脑就是因为我发现网络（包括所有购物潜能）就是我的"跃动欲望"，我抱着工作两小时的意图坐在计算机前，最后却发现自己被吸入俏丽服饰和美妙书籍的无边力场，于是我必须在没有连接网络的计算机上写作。我学会自欺；为了避免购物而买笔记本电脑，我确实意识到了这当中的反讽意味，但这是我处理事情的方式。

也许你想在线聊天，也许你想莳花弄草，讲讲电话或看肥皂剧，这些活动本质上并无不好，关键在于从事这些活动的方式和原因。如果你去上瑜伽课的目的是为了减肥或让身体更有弹性，这没什么不对，但是当你踏进教室，就要把那些理由留在门口，好好置身于课堂上。因为你现身下功夫，久而久之就会收到增加弹性和减肥的效果。

写作就像这么一回事。继续现身吧，它会带你前往超乎想象的地方。

实作练习

1 描述你的写作过程。就过程的本质来说，你的人生中还有什么领域与此类似？写作过程流畅如水时，找出一个代表性的意象；写作不顺畅时，也找出另一个意象。这两个意象之间能彼此对话吗，它们各自会带来什么赠礼？

2 你的路途上有什么障碍？可以是身体上的障碍，也可以是情绪上的障碍，或介于两者之间。把它们写下来。你可以把这些障碍制成一张地图，尽情探索用心智将事情复杂化的能力。记住，当你看得到它并且为它命名，就可以夺走它的力量。

3 邦妮·弗里德曼（Bonnie Friedman）在她的书《文字之外》（*Beyond the Words*）里，谈及在心里扩散渗透（percolation）是写作过程的重要部分。该是探索并让构想萌芽发展的时候了，你会怎么体验"扩散渗透"？你要怎么把它与懒惰或逃避故事区隔开来？你会这么区分吗？

10 身体作为根源

> 噢，亲爱的，让你的身体进来吧，让它将你
> 糅合进来，在舒适里。
>
> ——安妮·塞克斯顿（Anne Sexton，美国诗人）

我不记得自己首度离开身体的那天。那种抽离状况是从童年时期的某个时间点开始的。当时我因为腰没其他女生细、胸部较丰满、腿又短而饱受批评。我相当受挫，因为跑跳都不及其他人来得快或高。我从身体到脑袋的转换过程是很微妙的，仿佛是地壳板块的移动，缓慢到没人注意得到，结果原本的沙漠顿时成了一片汪洋。其他小孩奔跑、参加运动比赛和爬树，我则蜷起身子待在室内写作和阅读。透过双层玻璃的户外风景看起来最棒，我对自己的身体也有同感，隔着距离看是最棒的。就运送我的脑袋来说，身体这个工具的确很实用，但也不过如此。重要的是，我可以思考、沟通、聊天、学习和教导，相较之下，可以自由活动这件事远远没有这么重要。

一九九五年，我住在菲尼克斯，当时在营销部门工作。某个星期六，我停在餐厅外的得来速区想尽快买份餐点，当我正要开车回家时，突然一切陷入漆黑。我没昏倒，意识清醒，正在开车。这不是人们偶尔会有的昏眩症状——在那种昏眩里，

世界会变得模糊，方向会随之改变。我从童年早期就有心律过快的症状，当时我的眼前一片漆黑，心跳加速，我不知道世界黑了多久，久到让我足以想象自己即将引发交通事故。接着，我的视觉回来了，但右手臂的臂力减弱，我的抓力原本很强，现在却无法抓住另一只手并用力掐挤。二十七岁的我顿悟到身体原来是如此的重要，它不只是容纳心智的外壳，还自成一格——是我这辈子的每分钟都待在里面的生物，而我对它却一无所知。这是一个可能跟我有不同主张的生物，也或许，它的主张一直都是我的主张。

除了心律过快的宿疾，医生找不出任何问题，只建议我服药。我不想服药，我想认识这个身体，而非对它下药。我不想再叫身体闭嘴，也不想跟它起冲突。要怎么做才好？要如何深入自己的肌肤？我从做阶梯踏步的有氧运动开始，不久就学到一件事：我硬要闯入身体并强行占领（表现得好像我一直都在场似的），只会落得受伤一途。就在这时，我找到了瑜伽，之后就一直坚持了下来。

瑜伽相当缓慢，要用上全副心神锻炼。瑜伽培养身、心与灵之间的关系，同时要求纪律与投入，才能够有所收获。瑜伽不是三十天内快速解决病痛的妙方，可是就在我练习瑜伽期间，我头一次开始倾听自己的身体。是的，这种感觉真不赖。不，那个伸展太深了，往回拉。我注意到扭动脊椎时双眼突然涌现泪水，也注意到做鸽式时有种重担被解除的感觉（原本有何重担?），真是难以置信，我好意外。这副皮囊承载着我，我欣然接受自己与它之间的对话。

我真正开始倾听自己的肌肤时，几乎无法承受那种嘈杂和喧闹，仿佛母亲下班回到家面对同时叽叽喳喳说话的一打孩子。这么接近自己的肌肤令我恐慌不已，难怪只要有可能，我们就会想方设法分散心思远离它。这个肌肤、这副身躯，留住了我曾经做过的一切。通过在软垫上现身，我学习为了我的身体现身。我聆听的能力因此浮现出来，不只是倾听，也察觉声音，而当我学习怎么察觉声音，也就学到了怎么用新方法来写作。

我进入了自己内在一个不同的地方，我跟写作间的关系也有了变化。我动作越慢就进得越深，同样的效果也出现在写作里：我写得越慢，就表示我在某个场景里流连越久，而那个场景就揭露更多的内容。我越是待在逐渐浮现的事物身边，就发现越多自己真正在写的重点。

我们必须流连，与不自在共处的时间要久到足以指认它、拥抱它并整合它。多流连一阵子会给你的作品绽放的空间，有意识的呼吸可以帮忙创造这种空间。我们的呼吸指挥着我们的觉知，跟着呼吸走，就会找到自己。

置身于身体里就是迈向"稳稳扎根"（亦即双脚踏地）的第一步骤。可是在你的角色可以立足于世上之前，他们必须要有身体，他们不能只有心智和思绪。如果他们只是思绪，你的作品里就会出现一堆飘移不定的眼球和抽象的念头。所以，你一定要把角色放在身体里，不，不是你的身体。

接触自己的躯体，接着是笔下角色的躯体，这是深度写作拼图里的另一个小图块。身体远不只是我们手指和手腕的肌肉。身体稳稳扎根于物理世界里，不管那个世界是另一个星球还是俄亥俄州的托利多市。身体有需求和欲望，也可能跟角色当前的欲望有所出入。注意，当你集中心神描写一个场景时，脚踝可能还在抽痛或耳朵发痒，也许右肩正在酸痛。你的角色也一样。你还是听得到隔壁想当音乐家的邻居所制造的噪音，或是屋顶上暖气设备在嗡嗡作响。你还能听见屋子角落里老猫的轻柔鼾声。要记住：我们并不是离开这个世界去书写另一个世界，而是通过在这个世界彻底活着，才能够书写别的世界。

我有个特别嗜书又别扭的学生，上课期间只要一有空闲，他就会啃上一本厚书。他的镜片很厚，体格也是。有一天我看着他踏出教室走向学生活动中心，脑袋几乎领先身体一英尺，他走路时身体有个角度，脑袋负责领路，双脚在后头吃力地追赶。很多写作者都活在自己的脑袋里，他们会逃进自己的想象里，不见得会注意到自己身体的其他部位。我看到这学生的脑袋与身体所展现的分裂状态，就想起写作者为了和自己笔下的故事融合在一起，身体非得在场不可。这倒提醒了我，与身体其他部位相较起来，我们的脑袋就比例上来说是多么的小。深度写作要求你全然彻底的存在，不管它看起来怎样，不管它有什么限制。移入你的身体里，你就会移入你的写作里。

我记得在八岁左右，有一次一个非常高大的叔叔把我扛在肩上，我可以看到冰箱顶端的灰尘！他跟冰箱顶端一样高这件事让我觉得不可思议，我通过自己的身体认识到他观看世界的眼光与我大相径庭，而这种差异有一部分出于他的脑袋与大地之间的相对关系。我父亲小时候得过小儿麻痹症，左腿功能一直没有恢复正常，因此他的世界观有一部分是弱化的腿所塑造而成的。我从二年级开始原本戴着很厚的眼镜，后来改戴隐形眼镜。我不记得用裸眼看清树叶和草茎轮廓的经验，也不记得自己醒来确实看清自己房间的体验，我的世界观有一部分是由近视塑造而成的。所以，当你在创造角色时，问问自己：

　　你的角色住在什么样的身体里？

　　他们身上哪里有伤疤？

　　他们在哪里把膝盖磨破了皮，或是挫伤了骨头，或患上血液病？

　　生活怎么在他们的身体上留下了标记？

　　情绪创伤如何栖息于他们的肺部、关节或＿＿＿＿＿＿（自行填空）？

　　我小时候总纳闷为何书里的角色都不用上厕所，现在我明白因为那些东西对故事情节来说往往不是关键要素，所以不会写进去。我记得自己很长一段时间里都想着，我日常必须对身体做的那些"事务"，小说人物怎么都不用做，真的好奇怪。他们的身体会痒吗？头发会出油吗？腋下会有异味吗？下巴有没有窜出乱毛？你必须知道你笔下角色的这些事情，不管最后会不会收进完稿里。你必须知道它们，因为如果你让角色拥有身体——让他们有双脚可以在地上游走，他们会通过读者的细胞，让读者与这份作品产生连接。

　　留意自己的身体，让你可以持续地在场。万一你从不离开呢？万一你强烈意识到自己的呼吸而停留在此地此刻，陪着自己的身体、置身于自己的生活中，那又会如何？

　　是啊，会如何呢？

身体小憩

　　将本书放下，两手伸在身体前方，掌对掌贴合。让双手像书封似的打开。尽可能放慢速度地分开双手。注意皮肤碰触皮肤的感受，以及分开时的感觉。将"你的身体"这本书打开又合起来，想做几次就做几次。

实作练习

1　做这个练习的时候，选择身上一处紧绷的地方，聚焦在上面。碰触那个地方——不是用双手，而是用自己的觉知。缓缓把呼吸吐进那个地方。持续把觉知集中在紧绷之处和自己的呼吸上。

　　你知道紧绷的来源吗？你可以把自己身体里的紧张感写成一个故事吗？它是否源自旧伤，还是来自压力？对于它，你知道些什么？你对它有什么感受？等你准备好了，就拿起笔写吧。

2　总有一天，我们都会脱离自己的血肉身躯，那么，不妨写封告别信给自己的身体。

3　用内观的方法想象自己的身体内部。必要的话可以找一本解剖书来参考。你的肾脏在哪？肝呢？肺呢？画一张你身体内部的素描，尝试与某个身体部位或系统（循环系统、呼吸系统等）对话，倾听它想对你说的话。

4　写下你与自己的身体之间的一段对话。

你可能会检视这些问题：你如何辜负了自己的身体？你觉得你的身体又是怎么辜负了你？你们之间可以找出共识吗？

11　祖先作为根源

> 我们的母亲和祖母将创作的火光、种子传递
> 下来，她们往往隐姓埋名，而且不曾怀抱亲眼见
> 到种子开花的希望；那或许有如一封她们无法直
> 接阅读、封缄起来的信。
>
> ——艾丽斯·沃克（Alice Walker，美国作家）

在我的教书生涯刚开始时参加过一场乔伊斯·卡罗尔·欧茨（Joyce Carol Oates）的朗读会，她提及自己用写作来疗愈祖先的想法。以往我从不曾想过把这点当成写作的目的，但只要听过她的见解，很快就会发现这个概念有多么真实。写作是我们重新书写自己故事的方式，通过这种方式，我们得以理解生活与世界的混乱。当然，一旦意识到这个概念，我就看到文学典范里已经有诸多作家以形形色色的方式讨论过这个概念。

我们来自血肉。随着科学演进，我们发现人类的DNA可以追溯到十个血缘型（haplogroup）之一；血缘型就是根据线粒体DNA所分成的人类基因群组，因此"互相连接"（interconnectedness）这个观念不再只是新世纪的流行语。我们一次次看到我们在多少方面彼此连接。安妮·迈克尔斯（Anne Michaels）那本神奇的书《逃亡者手记》（*Fugitive Pieces*）里，

叙述者雅各布·比尔在第二次世界大战不久后漫步于希腊，对眼前的景致发表着意见。他回想起战争的恐怖，说道：

> 悲痛需要时间。如果宇宙中的一块碎石会花这么久的时间散发自己、散发自己的呼吸，那么灵魂又可能有多么顽强不屈。如果声波可以无限传递，它们的尖叫声现在传到了哪里？我想象它们在银河的某处，永远朝着神圣而去。

有好几天，这段文字在我脑海里萦绕不去。我想到这个星球上受苦受难的每个人，他们的尖叫声永远回荡在太空中。我想到每个现存的人身上背负着多少东西，不只是自己当前的人生，还有这地球曾经见证过的所有人生。我想起我祖父母那一代因为沉默（部分因为性格上的坚忍不拔）而被标榜为最伟大的世代，我想到他们身上存在的故事——那些现在沉睡于土地里的故事。当最后一铲土撒落在棺枢四周，那些故事会往哪里去？进入墓园里树木的根系吗？然后进入我们通过树木的光合作用呼吸到的空气里？接着，在某个春日飘进路过此地的作家鼻孔，作家耳畔突然响起低语——那是来自波兰的老先生或达科他领地的美洲原住民妇女的声音。如果这个作家认真聆听，回到家就会拾起笔，让那个不属于他的声音开始化为墨迹。

我祖母的性格有如冬天一般封闭。大萧条时期她在南方成长，以"痰跟醋"①打造了自己的人生（俗话是这么说的）。她不

---

① 意指个性活力充沛、好斗暴躁。

太讲话，就如同世代的南方人集诸多矛盾于一身。我父亲过世后，她更往内心退缩，结果她过世后，我只剩下凑不出样式的松散线头。我想把她这个人摸清楚，我想了解她当初为何做出对我而言那么糟糕的事，我想表达自己的深沉渴望——我渴望拥有祖母，拥有一段理想的祖孙关系；最重要的是，我想原谅她，并释放她。

当然，当我开始写《放下我的忧伤》(*Lay My Sorrows Down*)这本小说时，我并不知道这一切，只是隐约感觉到想创造一个可以让我接触到祖母的角色。有个南方声音在向我低语。我写那本书的时候一直戴着祖母的订婚戒指，而当我写完全书时，怒气已经消散无踪，最后只剩一个面对抉择的平凡人类，与我并无二致。在我的书里，这个角色叫作莉莉安·葛林，约略以我祖母的形象为蓝本。莉莉安在一九四九年亲眼看到哥哥汤米以私刑吊死一个黑人，她咽下了那个秘密。她在余下的人生里充满飘浮不定的游离状态，起因就是没把这个故事说出来。以下是这个故事的开场段落：

> 一九四九年我十一岁，我不再开口说话。我哥哥汤米就是在那年发疯的。这两起事件彼此没有关联——不算有，毕竟不是在同一天发生的。状况比较像是，我不再说话，几个月之后，汤米发疯了。汤米到现在还没恢复正常。他被关进梅克伦堡县那种给特殊状况人士住的地方。妈妈希望给他最好的；在当时，奥尔德曼自己要操心的事情已经够多了，有种族冲突乱象，还有那些从战争退役回来的

小伙子。汤米似乎不知道自己疯了。我应该更常去看他的，但我没有。我去看他的时候，他脸上总是挂着惯常的大大的笑容，对我张开双臂说："小豆豆！"我们成长期间他总是叫我"小豆豆"。我人长得圆圆矮矮的，有一天汤米在晚餐餐桌上这么叫我，叫久了就成了习惯。妈妈永远也不会想到用那种傻气的名称叫我。对她来说，我永远是莉莉安，有时我闯了大祸，她就改口叫我莉莉小姐。

这本小说用一个声音开场，而这个声音将我带向情境，引领我进入情节，然后将我导向解决方法。就我所知，我祖母从来不曾目睹私刑，虽然她大半辈子都住在北卡罗来纳州，看过的可能性很高。一九七〇年代某天傍晚，我看到三K党的集会，当时我们从祖母家开车回家，父母紧张兮兮地交代我们千万别看。即使六〇年代早已过去，大家都应该处得更好才对，但三K党的事众人皆知。我们都晓得，南方城镇田园生活的表面下有很多事情正在沉睡。我把自己看到的片段与我对祖母的认识结合起来，不久，莉莉安就成了和我分离开来的独立存在。既然她现在终于被赋予声音，自有开口说话的理由。部分是因为我渴望挖掘自己过去的片段，部分则因为我们在所有故事之间产生了连接，她不只具有疗愈我的力量，也能通过她所受过的苦来疗愈他人。写作能够释放被噤语的声音，一旦我们学会与那份寂静自在相处，就能听见这些声音。

"祖先"这个字眼表示己身所从出的对象，有时候我们不知道那些人是谁。我们可能是几百万流离失所、不知自己来自何方的人；我们可能受人收养；我们可能顶多只能回溯到上一代；我们可能是当初被迫来到美国的非裔子孙或亚裔子孙；我们可能是过去被一笔抹消的美洲原住民。不管你现在披着走路的皮肤是哪一种，重要的是你能察觉到谁的声音。当你合上双眼，打开耳朵和心胸，正在对你低语的是谁？

写作的重点在于跟随着标志走，我们不见得知道那些标志在说些什么，只需知道它们多少有点重要。《放下我的忧伤》这本书从一个郁金香的意象开始。我本来要写在大西洋某座水汽氤氲的岛屿上种植郁金香的女人。我针对郁金香、岛屿和海洋做了研究，在创作小说的整个过程里，郁金香对我来说构成了重要的意象，却完全没出现在成书里。莉莉安从没种过郁金香，也不曾在岛上生活过，可是每个标志都导向下一个标志，就像寻宝游戏似的，就在我释放"起点"意象的时候，我找到了真正的意象。我们必须愿意信任那些标志。而且一走到下个标志，必须愿意抛开先前的标志。

现在细想你自己的身体。你的皮肤是什么颜色？要描述得比白色、黑色、红色更具体才行——反正那些颜色没一个准确的。你的肤色像杏桃果肉吗？像红木枝丫？像松鼠或石榴的颜色？你知道自己的血统吗？当你揽镜自照，能明显看出你的DNA可以回溯到哪儿去吗？我是半个芬兰人，而另一半比较没有那么容易剖析。我外表像芬兰人，但内心感觉不到与芬兰或芬兰人之间的连接。我现在察觉不到讲芬兰语的声音和故事，但身上肯定流着芬兰人的血脉。

身为写作者，我们可以放大自己祖先的范围。我不想花一辈子时间都在写中产阶级白种女人的故事，我更想探索人性的浩瀚汪洋。我想听那些主动来找我的故事，我相信，不管我外在躯壳是什么样子，如果它们来找我，我就是注定要意识到它们的声音。

你和你基因上的祖宗之间有多少连接？每一世代里有多少你追溯得到的故事？正如面对写作所有层面时的做法，同样也要从尚未道出的故事里，找出拥有许多能量的那些故事。你阿姨的嘴唇抿成沉默的直线，或是你表亲合上双眼的时间远远超过眨眼的时间，仔细观察这些时刻，故事就在这些时刻里。

你会受到不属于你的文化或时代的吸引吗？这些地方的故事很可能就会让你着迷。它们挑起你的好奇心，让你身为写作者的本能开始进入高度集中的状态。他们向你呼唤——这些人来自伯罗奔尼撒战争、卢安达或达尔富尔的种族屠杀、古罗马的地下墓穴，或是俄罗斯的大草原。这些声音时而呐喊，时而低语，总是萦绕不去。它们从内在涌现，直到与外在世界联合起来，将你拉进最出乎意料的地方。如果你跟上去就会找到标志，有时写在沙地上，有时是炫目的霓虹黄灯：你啊，对，我就是在跟你说话，你走对了路。

那些沉默的惊叫、喜悦、生命、死亡，都和你手牵着手，就在你倾听它们的时候，你改变了。你听见它们的挣扎时，你改变了。你告诉我们，你通过故事、诗作和回忆录学到了什么时，我们就被赋予了改变的能力。那些走在你前面的人因此得以放下身上的包袱，继续往前行。

谁走在你前面，放下了他们的包袱？不要害怕他们来自何方，不要害怕自己不够格去述说他们的故事，不要担心他们在性别、宗教、性倾向或种族上与你不同。如果你能察觉他们的声音，就是他们选择了你，而你的职责就是响应他们的召唤。

实作练习

1 你认为你的写作从哪里来？"过去"在你的写作里扮演了什么角色？你认为写作者对"过去"有责任吗？可以从"过去"逃开吗？在日志里自由书写这些问题。

2 练习倾听。闭上双眼，想象自己处于空荡荡的空间。随自己喜好来定义"空荡荡"这个词。一点又一点开始往这个场景添加元素，可能是一棵扎实的红木，也许是一眼哗啦啦喷溅的涌泉。让这个场景自然地涌现，当你觉得完成的时候，在那儿多流连一会。

注意四周有些什么。你听到蜜蜂的声音了吗？闻到忍冬花了吗？闻到沙漠鼠尾草了吗？你注意到什么质感？草叶因为露水而滑溜吗？西边下起了暴风雨吗？等你觉得稳稳扎根在自己的地方，静静倾听。不久，你就会听到一个声音。信任这个声音。也许你只会听到一句话，或许会读完整部小说。倾听。吸气。吐气。等你准备好的时候，缓缓睁开双眼，找到你的笔，并开始书写。

3 回想你记忆中与童年有关的一个地方。通常，脑海里第一个浮现的就拿来用。从小处慢慢开始，以滴水不漏的细节描述看到的东西。用五官去感受，尽可能持久、稳定地留在这个地方。
找到一件物品或一个地方集中心神，赐予它一个属于它自己的
声音。是的，要将摇椅拟人化也没关系。运用积极倾听的方
式，描述那个物品或地方告诉你的故事。

4   把你感兴趣的时代、历史事件、人物及（或）地域列成一张清
单。完成后，尽可能以最快的速度把其中四个圈起来。在另外
一张纸上，写下清单上的那四项。现在，倾听。

你听得到谁的声音？也许可以从"我一直在等你"或"我不知
道自己还要等多久才会开口说话"这些提示句开始发展这段
独白。

12　土地作为根源

> 你知道他们当初把密西西比河截弯取直，为房屋和适合人居住的土地腾出空间。偶尔，这条河会淹没这些地方。"洪水"是他们用的字眼，可是其实那并不是洪水，而是河流在回忆，回忆自己过去所在的地方。所有的水都拥有完美的记忆，而且就像那样，记得它过去所在的地方。作家就像那样：记得自己过去曾在的地方，自己奔流过什么河谷，那些河岸是什么样子，那里的光线，以及返回我们原初之地的路线。
>
> ——托妮·莫里森（Toni Morrison，美国作家）

"地方感"（sense of place）是每门写作课几乎都会教的基本概念。我们必须知道自己在哪里，我们必须知道角色以什么身份置身于那个地方。在能做到这点之前，我们对自己与土地之间的关系必须要有概念。过去三个世代以来，这种关系对我们当中的许多人来说起了不小的变化。我的祖父母在小农场上务农，但是一直以来我却连最好养的室内盆栽都养不活。我参照街道标志与网络地图来活动，无法单凭观望天空就知道哪里是西方。我成长期间学会通过思考，而不是凭借感觉，在周遭的环境里游走。有些人以不同方式成长，他们在都市环境里会迷路，但在远离任何网络联系的山丘上却能扛起背包穿梭自如。根据哥伦比亚大学地球研究所的研究，不久之后全球会有更多人口住在都市中心，而非乡村地区。对于人类个体与这个星球之间的关系，对于人类个体对这个星球的想法，这种现象可能代表什么意义？那份关系与深度写作又有什么关联？

可以的话请躺在地上。如果这让你不自在，就坐在椅子里，双脚牢牢踩在地上。不管哪个姿势，只要对你有用都可以，请开始有意识地想想你正碰触的东西。当然，首先也许是地毯或地砖，往下是混凝土铺地，再往下可能是三层公寓，然后有更多水泥、排水供水系统以及水管，但是最终每一条路线都会通到土地上。

我们躺着或碰触地面时，就可以感受来自土地的力量和稳固，我们由土地捧起，由土地支撑；在土地挪移、爆炸或淹水的时候，土地依然还在。如果土地不在了——唔，我们都知道结果会怎样。我们不只是站在自己的双脚上，双脚还站在其他东西上，而那个东西又靠在别的东西上，后者又靠在其他东西上，最终停留于土地上——更多的彼此依赖。

写作时，我们可能会觉得自己处于隔绝状态。确实，写作常常被称为"孤独的职业"（solitary profession）。可是我们并不孤单，我们并不是在真空状态里工作。注意你怎么站立，怎么行走，怎么在环境中移动自己的身体。你对自己正在做的事情，有多少意识？

加里森·凯勒尔（Garrison Keillor）每周的广播节目《大家来我家》（*A Prairie Home Companion*），将我们带往虚构的城镇"沃伯根湖"。一月，菲尼克斯的天气越来越好，不用随身携带一加仑的饮水，就可以到户外活动。加里森却在节目中谈到白昼时间变短的灰蒙天色、暴风雪和结冰的水管。我望向窗外菲尼克斯那片万里无云的天空，注意到二十六摄氏度的天气和我没穿袜子的双脚，然后在想象中被送去体验我从未亲眼见过的情境：冬天。

通过加里森每周的独白，我成了一个挪威的路德教徒，或某个用棉花糖来做果冻派的人，或是（想起来就冷到打哆嗦）冰上的渔夫。我近来读了乔纳森·莱瑟姆（Jonathan Lethem）的小说《孤独堡垒》（*Fortress of Solitude*）。通过令人心碎的经历，我成了一九七〇年代在布鲁克林成长的小男孩。莱瑟姆是在布鲁克林长大的，那个地方在他身上留下了标记，正如我们所属的地方也会在我们身上留下标记——他的地方成了那本小说的根源。凯勒尔用"他的地方"（明尼苏达州）作为作品根源。在菲尼克斯，我们谈的是热指数和无雨的天数，而在明尼苏达州，大家谈的是下雪和阴天的天数。

你所属的那片土地在说些什么呢？房子里藏着什么故事？没铺好的街道呢？生锈的信箱呢？你不必周游世界便能找到自己的风景。你就在其中之一里头成长，不管你跟它是否有共鸣，还是你很确定自己待错了地方，你还是会受到它的影响。如果你在海岸地带成长，你就会知道潮汐的时间，会留意暴风雨的警报，而龙卷风也可能是你日常风景的一部分。在菲尼克斯，头一个气温飙高到三十七度多的日子通常在五月初，然后就开始沉入夏天里。这国家的其他地带大多都在夏季的时候往上浮现，但在菲尼克斯，我们却是往下沉去。我们都是人，我们居住的地方塑造了我们的行为、态度、欲望和活动。

　　每个地方都有自己的语言，这种语言不只存在于当地的方言或俗语，而且就在日常事物的名称里——汽水叫 pop 或 soda？电视叫 TV、box 还是 tube？地铁叫 train、underground 还是 subway？角色用来跟彼此沟通的语汇，地方会提供给你。谁、什么、哪里，这些只是表面；底下的层次呢？土地底下的土地呢？

　　身为写作者，我们就是倾听者。我们倾听的对象不只是人，还有其他生物——树木、河流、乌鸦。我们看着这一切的互动，看着所有的参与者如何织出这片网络。久而久之，我们就会明白，这个角色就是不可能置身于缅因州、纽芬兰岛或南非，那个角色只可能来自波特兰或新奥尔良——你会开始凭着直觉知道这些事。当你觉得有个角色说不通，首先要提的问题就是："要是我把他搬到其他地方，会有什么结果？"然后你会开始调整自己，直到可以听见人造建筑物底下的土地低语。曼哈顿底下的土地正在说什么？地心的秘密语言是什么？

　　要阐释不同地方的独特低语，最好的方法之一就是处于暴风雨的脉络之中。无论哪里都会发生暴风雨，但是在这个星球上，不同地带所降临的暴风雨形态各有千秋。亚利桑那州不可能发生海啸，不过，这里的沙尘暴可能会导致零能见度。想想你看过的不同地方，你在多少地方目睹了暴风雨？北卡罗来纳州的雷暴雨是什么样子？美国西南部沙漠里的季风又是什么样子？暴风雨过后，土地散发出什么样的气味？是细雨霏霏，还是雨势来得又猛又急却转眼停息？你觉得气候模式会怎么影响人？我们会替真正大型的暴风雨命名，要是我们替所有的暴风雨都命名呢？你会怎么命名温哥华的午时阵雨？得克萨斯州的微下击暴流呢？弗吉尼亚州绵绵不绝的夏雨呢？马萨诸塞州的骤发洪水呢？

自从搬到普雷斯科特以来，我就注意到风。在菲尼克斯除非起了暴风雨，否则从来都没有风，如果一起风就是那种严重到将电线杆连根拔起的狂风。普雷斯科特天天都有风，我的风铃真的会发出声响。我看着自己的改变，因为我换了置身的地方。太阳有多常出现？这里会以一连几天无雨或一连几天下雨来数算天气吗？这些事情都会塑造你的故事，因为它们会塑造你的角色。如果你的角色身在西雅图，就别把天气描述得仿佛他们置身于图森市，西雅图的居民一眼就会看穿。

可是，土地内在的低语又如何呢？有时当你稍微离开自己平日的气候区会比较容易听得见。在俄勒冈，我被抛进了新手的心境里。我以新的眼光看待世界，发现自己时时面临这样的疑问："那是什么？"我不认识那些树木、花卉和昆虫，不知道日升日落的角度，更不知道城郊的夜晚有多黑暗。我在那里的几周，觉得土地将呼吸灌回我的内在，而令我震惊的是，我以前竟然莫名忽略了自己对土地低语所怀有的渴望。

诚如本章开头的引文所言，"所有的水都拥有完美的记忆"，永远都想返回原本所在之地。我想，写作者的生活也是如此。我们套上角色的人皮，角色把我们带到他们需要前往的地方。然后，我们把角色的皮肤蜕下，这样新角色和新声音才会到来。如果我们紧抓着自己爱上的角色不放，就会阻碍写作之流，让下一本小说无法进来。我们笔下的角色会带我们前往他们所属的土地，这样我们就可以倾听那块土地的呼吸。

我读研究生时的导师阿尔玛·卢斯·比利亚努埃瓦（Alma Luz Villanueva）曾尾随他的角色一路从加利福尼亚州去到圣菲。艾丽斯·沃克在《寻找我们母亲的花园》（*In Search of Our Mother's Gardens*）里写到小说《紫颜色》（*The Color Purple*）的女主人公西丽，曾带领她从南方前往北加州，这样西丽才能把自己的故事告诉她。我的小说《骨之舞》里的角色佐依把我从菲尼克斯带到亚利桑那州的普雷斯科特，我的角色们也因此上门来访，要是我还待在菲尼克斯，他们是不会现身的。

我们的星球、我们的地球见证了长达几十亿年的转变。它的核心灼热火烫，让我们牢牢扎根于它之上。地球有如我们的身体，储存了成长和演变的故事。行驶在阿尔伯克基与圣菲之间的那段州际公路上，路边的广告牌、赌场和便利商店底下都有着古老的故事。你可以漫步越过罗马古竞技场，就算周围全是时髦的精品店和摩托车，仍然可以听见角斗士的声音。沿着你所在城镇的主街走去，竖耳倾听。你听到谁？听到什么？倾听在表层声音（人们闲聊、汽车驶过、公交车、音乐）底下的东西。静定不动，往更深处倾听。

土地忆起了什么？写下来。

实作练习

1　你的根在哪里？以你认为适合的方式来描述那个地方。

2　召唤出某种气味，那种气味会让你联想到对你意义非凡的地方。一旦你认出那个气味，就将它完全带进你的身体里。感觉它散布在你的四周，在你的皮肤上、喉咙里。现在，向意象漂流而去，不要尝试控制那些意象，让任何浮现出来的东西都变得完美。等你觉得准备好了，就开始动笔，让那个气味成为你进去世界的入口点。

3 树木是往下扎根、伸出枝丫、稳固与延展的绝妙展现。借由同时往下与朝上伸出触角，打开自己的中心，打开自己的核心。伸展并扎根就能成为"树"。通过自己与树木之间的关系史，或通过与特定某棵树之间的关系，写下自己的故事。

4 描述自己和土地的关系。在抵达真相之前尽可能地自由书写。等你抵达真相时，以具体意象稳固那个想法。然后，用另外一张纸，以这个具体意象为出发点写下一则故事、诗作或独白。

13　内在与外在世界

> 我们呼吸时，空气进入内在世界。我们吐气
> 时，空气传向外在世界。内在世界永无止境，外
> 在世界也是如此。虽然我们会说"内在世界"或
> "外在世界"，实则只有一个完整的世界。
>
> ——铃木俊隆（Shunryu Suzuki，日本禅师）

　　描写角色时，有一种方法可以制造冲突，就是让角色的外在活动和行为与内在的思绪和感受产生分歧，这个对比会让读者对角色有更清楚的认识，在叙事中帮忙制造张力。即使你角色的内在与外在世界彼此分歧，一旦你投入角色更深层的神话里，就会发现这种断裂是如何发生的，以及两个世界之间为何会有分歧。重要的是，身为作者的你要知道如何，以及为何，至于读者可能得等读完全书才会知道——如果真有机会知道的话。

　　有时候我们为了出现在公开场合而装模作样——一身律师的光鲜行头，其实宁可穿着运动裤；身着三件套西装，随身带着电子产品，回应各种哔哔声和传呼，但其实宁愿到优美胜地国家公园露营。你是否曾经对着老板露出假笑？是否曾经言不由衷地对你姨婆说，她送给你当生日礼物的那件带绒球帽的黄

绿色毛衣很可爱？你如何隐藏或坦承内心的想法？

　　小说的重点往往在于：角色领悟到自己的外在与内在世界并不协调。身为写作者的你，如果只考虑到外在特征，笔下的角色就会显得呆板。如果你不明白内在世界也会影响到外在世界，那么笔下的角色就难以取信于人。

　　用来描述给读者的经验时，约翰·加德纳（John Gardner）所提出的"虚构之梦"（fictive dream）是最精确的用词之一。你提供一个地方让读者可以坠入，好比睡眠让做梦成为可能。读者可以在此放开自己的人生梦想，沉浸于故事的幻梦中。你施下咒语，而读者不得不随着你的故事魔法起舞，至少直到这本书结束为止。虚构之梦的中断将有如电影里的穿帮镜头，例如有个句子或角色让读者困惑不解，或出现事实的失误或前后不连贯的问题；或是角色太过薄弱、缺乏实质感，或描绘得过于笼统含糊——都会让读者无法跟角色产生连接，结果就是把读者从幻梦中突然拉出来。

　　当我们建立了可供辨识的形态（外在意象或外在轮廓）、填进各种美妙色彩之后，就有了一幅引人瞩目的画作。对你作品里的角色以及作品本身来说，这样的道理同样适用。一本小说或一首诗有其外在轮廓（也就是容器），能坚实牢固地将故事的线条跟语言收纳其中，这个容器就是我们的技艺——我们运用结构、语言与意象，给读者一个定锚。我们打造那个外框，这样大家会知道如何承载我们的作品。如此一来，他们会知道这个作品有多重，又该保存在哪。要是没有这条线、结构和形状，读者不会知道怎么接近作品。我们的左脑需要分门别类、指认某种东西之后，才会臣服于那种东西之下。是诗歌？小说？还是工具书？那个包裹、那个形态，会帮助我们找到入门的通道。

稳固的结构可以帮助读者进入那场梦境。可是，在草稿的阶段还不能对那个结构投入太多情感，而要把那个结构看成还没确定到哪里旅行之前所提早挑选的行李箱。如果你要到亚洲旅行一个半月，却只用一个轻便旅行袋，无疑是挑错袋子了。同理，周末跟朋友出门小旅行，带个大型木箱也有点过分。可是当然，我们总得有个起步。当我们想通自己需要带什么（款式几乎相同的黑鞋真的需要带三双吗？还是一双就够了？最基本的东西——内衣裤、牙刷、肥皂——带了吗？）就会发现这趟旅行得带上哪只行李箱才合适，更精确的说法是，打包的内容物会指定该带哪一只行李箱。从内部开始逐渐朝外框发展，然后，当你知道真正需要带什么上路，就把其他的东西拿出来，扛着多余的重量（赘字）去旅行是没有道理的。

外框与内容物之间如果没有建立起有机的关系，就会创造出发展不全的平板角色、故事与诗作。如果其中一方很勉强，太强势，或定义不够清楚，就无法与另一边形成有机的结合。写作的初始就是在雕琢尚未成形作品的表面，有些地方感觉似乎无法穿透，有些地方则在我们的手下溶解消散，露出支撑表面的内层。就像一个椭圆。在顶端，我们从能量感觉最强大的地方开始，随着往深处移去，以螺旋的路径往下，就会发掘越来越多的事情，直到找出作品的核心。然后，我们开始循着逐渐收窄的螺旋往上行，一路抛开无法融入这个特定计划的元素。

等我们再次破土而出时，只会把必要的带到表面上，同时心知肚明——如果没有先竭尽所能地挖掘所有的东西，就无法知道何为"必要"。最精准的决定来自范围最广的选择，先让你自己拥有那些选择，这样你就能给出读者渴望的实质。当你作品的外在世界与内在世界表里一致的时候，它们之间的界线或帐幕就会化于无形，读者会进入你的梦，从中汲取养分，从阅读体验里带走对自己最重要的东西，最后与自己原本的梦融合在一起。

身体小憩

"嗯！"深吸一口气，透过闭起的嘴唇发出声音吐气。用不同的声调和强度来实验怎么发出哼鸣。

目的与效果——

声音可以帮忙唤醒脑袋、喉咙和细胞。这个动作会帮助我们用内在之耳来倾听。正如声音会通过身体震动，我们的内在器官也会受到碰触、唤醒和刺激。我们会由内而外地苏醒过来。

实作练习

1 这个练习叫作"由内而外"。把你写完的一份习作拿来，指认出它的核心。问自己，这样的结构（外框）是否适合内容，这些内容能否装进结构里？哪些地方内容太少？哪些地方则内容过剩？以这种方式进行观察并加以修订。

2 重读让你着迷的书或诗歌。这次，以写作者的角度来阅读。这位作者为了创造虚构之梦，选用了哪些写作技巧？将你看到的都写进笔记。你能够阐述这个作品用了什么样的结构（外框）吗？填进框架的血肉有哪些？具体一点，不要只说"情节"或"场景"。

哪几行和哪些句子达到了效果，将它们具体点出来。具体说明作者如何编织出这场虚构之梦，不要只说"这个作家不错"。身为作家的他，到底哪里不错？他做了什么选择？你觉得他为何做出那些选择？

14　与假想敌斗争

> 天赋往内翻转，无法给予他人，变成了沉重
> 的负荷，有时甚至就像某种毒药。生命之流仿佛
> 堵塞住了。
>
> ——梅·萨藤（May Sarton，美国诗人）

深度写作不只是跟别人沟通而已。深度写作的中心，是和自我进行一场对话。我对我学生的认识，超过他们自以为向我揭露的程度，这不是因为我多么聪明和敏锐，而是因为他们的内在生活就摊在纸页上，而且大多是在他们不知情的情况下。阅读真正的创意作品会显露作家持续探索的问题，它会揭露尚未获得理解、依然还在酝酿、至今悬而未决的事情。即使作品的情节可能发生在宇宙飞船上，但主题的真实性仍然会揭露作者的人性。

每则虚构的故事底下都有一颗真相的心脏在跳动，不要逃离它，而要拥抱它，它是你正投入的写作谜团里的一个部分。身为写作者的你，在成长的路上会累积起作品档案，偶尔回顾一下，重读以前写的作品，你会在作品里看出自己当初在创作时从未想象到的东西。如果你当时曾经造访自己的中心，就会看到你最深的自我正通过那份作品在和你说话。当你观察到这

点，你会开始相信写作不只是"思考中的你"坐在桌前，你会明白它正在帮你处理让你困扰的事，不管是全球气候变暖这样的大问题，还是比较私人的——比方说你与自家兄弟的关系。

我在这本书里呈现给你的写作类型和过程，是设计来协助你与那部分的你（你可能没意识到这部分的你的确存在）更有效地沟通。听起来很不可思议吧。可是说真的，这不只可能，而且很有必要。通过写作，你会把越来越多原本隐藏起来的东西带到表面来，你会一而再、再而三地把黑暗带进光明里。

每个人都有阴暗面。这个阴暗面包含了想法、感受和欲望，是他相信公之于世是不"好"或不恰当的东西。不过，暗影里的东西并不是邪恶的，它们只是隐藏着不被看见。如果有人从小家里就不准她说心里话，她可能就必须把自己的真实声音隐藏起来，才能在童年家中的限制中存活下去。如果自小被教导身为男人就是要积极有魄力，他可能会把自己的温顺藏在心灵的阴影里。正如荣格告诉我们的，藏在阴影里的东西常常都是"纯金"。通过文化适应，我们很容易把那些可以支撑我们的特质隐藏起来，我们可能会把写作的冲动推到内心深处，因为写作并不实际，最后发现自己成了会计师。我们隐藏起非凡的慈悲能力，因为我们曾经受伤，判定不要去爱才比较安全。

我们的阴影是一半的自我。我们不想让阴影那面消失，如果消失了，我们会变得平板。我们也不希望阴影占据我们的心灵——这就是太阳与月亮特质（光与暗、阳与阴）在我们身体里呈现的另一种方式。我们在寻找整合，而不是让其中一个解体，让另一个独霸。我们的阴影有个棘手之处，那就是我们通常不大清楚里面有什么。你有没有纳闷过，你脱口而出的恶劣评论是打哪儿来的？你有没有发现某人惹得你烦躁不堪，但确切原因你也说不上来？你有没有做出"出格"的事情，让自己和别人大感意外？这些情境里的任何一种，还有更多，都是从你的阴影里冒出来的外显行为。

心理学家詹姆斯·希尔曼（James Hillman）说：

> 潜意识不可能是有意识的；月亮有它的阴暗面，太阳会下山，无法同时照耀所有的地方，连上帝都只有两只手。要先把一些东西排除在视野之外，将那些东西留在幽暗里，才能做到关注并集中焦点。人无法同时望向两个方向。

目前，很多人都抱着二元对立的心态，有清楚的善与恶、对与错之分；你要不和我们站在同一边，要不就是在我们的对立面。二元思考不会带领你进入深度写作或深度生活，二元思考会划分界限，让我们误信自己得到拣选，而他们（不论此时此刻的"他们"是谁）注定要下地狱。这种二元论形成的社会会企图驱逐它所认定无法接受的一切，并将极多的时间和精力投注在驱逐上。要记住，我们发动攻击时，就等于喂养那个我们巴望着摧毁的东西。当我们把宝贵的能量投注在"抵抗"上，正是把力量给了那些我们恨不得抹消的特点。别去追逐外在的敌人，而是要竭力理解你内在那些彼此矛盾的能量。

要做到这件事，写作是个方式。可是那是"战士工作"（warrior work）。我们不想看到自己内在的自私，我们不想承认的是，如果情境有所不同，我们也可能是恐怖分子、杀人犯或盗贼。当我们认为某人做了不可原谅的事，我们不会对那个人说："嗯，我可以在你身上看到我自己的某个部分。"不过，我们要先做得到这件事，才有机会接触到自己身为艺术家与人类的最深潜能。我们不必成为罪犯就可以看出，那个行为底下的动机是追寻爱、连接或接纳——这些动机都是我们认同的。

"阴影工作"(shadow work)让我们知道，我们远远不只是自己端出来供众人观看的那个美化过的版本。阴影工作唤醒我们，要我们面对人类动物的深处。荣格说过：

> 想替邪恶问题找出答案的个人，首先必须有这种自知，就是对自己有终极全面的认识。他必须毫不留情地看明白自己可以为善到什么程度，又有能耐犯下何等罪孽；而且务必当心，别把其中一个视为真实，而将另一个视为虚幻。两者都是他本性之内的元素。倘若他期待（他应该）过上不自欺或不妄想的生活，那么两者都注定会在他身上浮现出来。

不符合我们理想化自我的就会落入阴影里，只要我们处于某种文化之中，就会发生这种状况。有些特质会受到赞许，有些则受到责难，为了获得接纳，我们根据那些反应调整自己。

我谈到阴影的时候，请务必明白我是在用隐喻来讨论。我们无法走进商店买个"阴影自我"，也没办法回家深深望进镜子里，看出有个幽暗人影潜伏在双眼后方。我在自己的行为和他人的行为中，才会看到阴影自我的展现，而伟大的文学作品常常在探索那个阴影。我们钟爱的角色里，有些就是我们阴影自我的隐喻，例如化身博士或歌剧魅影。

我们可以照表面意义来看《歌剧魅影》这个故事。一个年轻女子因为丧父而哀悼。她有过人的歌唱天赋，但是她坠入爱河，抛弃自己的天赋，转而追求浪漫爱情的刺激感。住在剧院里的神秘魅影开始纠缠她，最终逮住她并试图掌控她。我们可以把魅影看成单纯字面上的角色，或把魅影的角色看成克里斯汀的缪斯的展现和隐喻。她压抑或忽视自己的歌唱天赋时，她的缪斯就会强势起来。克里斯汀的才华就是歌声。当她选择跟拉乌尔在一起而无法全心投入音乐，魅影就会心生嫉妒。如果我们不把魅影看成是为情所伤的男人，而是她心灵的一部分，整个故事就会随之改观。

除了个人阴影之外，还有文化阴影。文化阴影是个人阴影在其中发展的较大框架，某种文化加以阻拦或鼓励的事在其他文化里可以完全相反。比方说，美国人重视独立和个人主义，但有些文化则认为社群和分享资源更为重要。再次强调，这里没有所谓的"对"或"错"，只有我们在一生中累积起来的故事线（storylines），这些故事线创造了"我"，而我们用这个"我"在世上闯荡。这种关于自己故事线的意识，对深度写作来说相当关键。

要窥看自己阴影里的某些东西有个简单的方法，那就是看看自己的投射。我们把什么样的想法和特质投射在个人或情境上？我的生活中有两个投射的例子，一个是对物品的投射，另一个是对个人的。

几年前，我在图森市教过一个周末写作坊。我进城的时间晚了，又因为旅馆中庭在举办婚礼扰得我夜不成眠，结果睡过头。有人对我说写作坊那里早上会供应吃的，所以为了准时抵达写作坊，我没吃早餐就出发了。我没事先跟负责餐区的人交代早餐想吃什么，只是假设总会有我喜欢的东西。不过，既然我没主动表明自己想要什么，餐区自然不会有我需要的。找不到想要的食物让我烦躁起来，早餐区变得不合格、劣质，几乎是邪恶的，因为我把不满投射在早餐区上。早餐区本身只不过是中性的，只是摆餐点的一张桌子罢了。我的故事、我的投射、我的欲望，创造了我对它的评判。

另一个例子比较私人。几年前，有个朋友刚刚和我的前任恋人分手，她对这段感情早已释怀，而且对于新关系的前景兴奋不已。我注意到自己在生她的气，因为她没留在我前任恋人的身边。我知道我会生气势必另有原因，就因为我能清楚意识到这点，因此没对她表现出怒意。我开始在日记里写下对那位朋友的感受，结果发现原来这股怒气的根源是来自我对母亲一直以来怀抱的怨恨，因为她在我父亲死后再婚。我的怒气和这位女性朋友、我的前任恋人，以及她的新关系毫无关联，那是我的阴影自我把我不曾承认的感受投射在一个标靶上，而那个标靶有某些部分相当贴近我尚未化解的那个情境。我察觉到这件事，所以并未迁怒于她或我的前任恋人，也没对我母亲大发脾气。它让我知道，在家庭互动模式上，我还有哪些地方需要下功夫。这是一份赠礼。如果我没有先承认自己在生气，这些感受会继续潜入地下，也许用一种会伤害到我的关系或我自己的方式显现。说起阴影自我，我们再怎么小心也不为过。我们与阴影自我的关系越亲密，就能越快地辨认它的信号，并将它的讯息整合起来，避免对我们在乎的人造成伤害。

阴影涵盖了不少关于我们自身的知识。身为写作者，我们的目标是要过着不自欺或不妄想的生活，我们的目标是要能穿行于世界谜团之中，我们的目标是要能从我们在周遭目睹的紊乱中找出意义。不要害怕、也不要抵抗存在于你血肉之内的东西，对阴影的觉知让你可以善用它，借此避免伤及自己或殃及他人。觉知将你敞开，恐惧将你封闭。有疑问时，选择敞开。

实作练习

1　"触媒"就是很容易让你产生某种反应的行为或行动。你知道你有哪些触媒吗？列一份清单。写下你触媒被点燃的场面。比方说，你如果在上班时自觉受到攻击，就会想来一罐啤酒，把那个场景写出来。把攻击你的人，还有回应那个攻击的你，都写进去。要坦白。写完这个场景之后，请重新写一遍，这一次你在场景里做出了不同选择。结果有何不同？把那个新场景大声念出来。你朗读时，感觉到什么？如果你觉得紧绷或是有情绪浮现，让它与你共处吧。不要试图把它推开。不要试图忽略它，或转移你作品的焦点。只要让它存在就好。对它呼气，双脚稳稳扎根于地。

2 自由书写："如果没人反对，我会……"接着再写："如果没人反对，我会停止……"

3 你非常想从自己的创意作品里得到什么？你什么时候觉得最朝气蓬勃、最有灵感？你往上坡推的那颗石头是什么，也就是说，在这份作品里，妨碍你和抗拒你的那个重担是什么？什么阴影角色破坏了你在这份作品里的努力？

4 你最少接触哪一种情绪？把它画出来。跟它对话：你是谁？你住在哪里？你想要什么？如果我接触你，会发生什么事？你为什么一直这么安静？你有什么要告诉我的？

5 你自己的作品里浮现什么主题？哪个主题对现在的你来说最具吸引力？跟它对话：我为什么那么在乎你？探索你对我有什么帮助？对别人有什么帮助？如果你可以告诉我一件事，有助于我跟你共赴的这趟旅程，那会是什么？围绕着这个主题写出一首诗或一篇散文。

15　观察

> 感官游荡不定，思想围着它们转，就会剥夺
> 智慧，犹如大风吹走船。
>
> ——印度教经典《薄伽梵歌》11:67

　　写作需要极强的心理自律，对于试图坐下来、除了写电子邮件之外还想做更多事的人来说，这点应该没什么好意外的。身处步调快速、以媒体为焦点的文化中，我们越来越难培养对深化人生来说很有必要的心理自律。每天有几百个无线电视频道可供选择，网络上有影音文件和网络广播节目，还有追赶不完的日程安排表。我们周遭的一切，从高速公路和公交车上的广告牌到电视时时发出的嗡嗡声，为许多人的生活提供了背景配乐，更是一种感官上的轰炸。要能毫不分心地专注于手头上的工作比登天还难，不管是写本书还是陪你的孩子玩。

　　我们必须做出有意识的选择，从我们感官天天受到的攻击中撤离。我们的身体和心理适应力很强，它们会筛滤我们周遭的一切，而我们通过这样的筛滤来建构生活。我们所体验的世界并非世界的原貌，我们是根据神经系统对这世界的反应来体验世界。稍微想一下这点：身为人类，我们天生的设定就是要筛滤周遭的世界，这样我们才能够运作。如果凡是唾手可得的

东西，我们都能看到、听到、闻到、尝到和碰触到，那么我们就会整个瘫痪停摆。

特蕾莎修女说过："如果有一百个儿童在挨饿，而你只有能力喂饱一个，那就喂一个。不要担心你无力喂饱的那九十九个。如果你担心，那么最后什么都做不了。今天就做吧。到了明天，孩子就死了。"把这段引文放在你写作的脉络里思考。你有可能把自己体验到的一切都写下来吗？你能把你内在的所有小说都写出来吗？所有的诗作？很多学生一想到自己能做的事情多到惊人，反而动弹不得。不要僵住，集中精神，选出一个你关注的目标，然后坚持下去。

撤离感官的练习，对写作者来说可能大有用处。撤离感官能帮助我们把焦点集中在更重要的事情上，也能给我们空间往自己的故事深处走，让我们更可能与自我产生连接。

日前，我到菲尼克斯拜访老友，我们决定出门吃顿晚餐。他住的那个城区非常新潮，我们两个都知道出门代表什么——大量的人潮、闲谈和感官输入。他家附近的每家餐厅，包括快餐店，几乎都装上了电视。大多餐厅在每个房间里都有一系列电视机，有些连地板上都放着电视。朋友说想找那种有深色粗框镜架的眼镜以抵挡电视的吸引力，这样才能把注意力放在旁边的朋友身上。电视就是我们每天被拉出所在之地的常见例子。我和朋友共进晚餐的时候，我们的视线偶尔会飘到屏幕上，不管上面是美国大学篮球联赛季后赛的比分还是最新的气象消息。意识到这一点让我们忍不住苦笑，但我们都清楚这绝不是什么可以一笑置之的事情。

　　如果到处都有让人分神的事物，要如何把注意力放在自己的生活上（我们真正的生活，而不是常被标上"生活"标签的那些外在排场）？我们的心智提供了一辈子令人分心的事有待处理。我们把自己的本性与大多数人每天共处的感官超载结合在一起，单是要听见自己的声音——对写作者来说这非常重要——就得耗费好一番功夫。

　　写作者的声音并不深奥而神秘。声音有时不容易定义，因为它在不同的人身上会有不同的体现，但并非无形无状，更非仅存于"伟大"作家身上的东西。写作者努力要找到自己的声音，是因为他们在倾听的过程中挣扎不已。身为写作者的我们谈起寻找自己的声音，意思是：在没有事物或他人说话的时候，我听起来像什么样子？一旦生活中让我分神的事物静止下来，我有什么要说？在写作者的路途上，必须稍微行走一段，才能学会如何静定下来——不只是身体的静定，也是心灵的静定——这份安静久到可以听见自己的声音。

　　不少新手作家在寻找自己的声音时，总以为得"脱离"目前的生活，这件事大体来说是正确的。不过这么做常常并不成功，这是因为写作者并不了解，他之所以听不见自己说话的声音，并不是因为他住在纽约或威奇托，而是因为他还没有学会从周遭的世界撤退，单纯只是用力去倾听，所以常常功败垂成。巴黎与家里不同，俄勒冈海岸的写作僻静地与家里不同，可是两者依然存在着写作者为了继续与自我断绝联系而随身携带的分散注意力的事物。

　　撤离感官能对写作者有什么帮助？我知道这听起来很古怪。

从小学四年级第一次学习写文章要整段描述以来，不是就有人教我们要具体吗？要使用感官语言！海洋闻起来如何？微风拂在脸上的感觉如何？这些问题会恰如其分地在任何写作课出现。我们需要扎实具体的细节，才能和故事产生连接。没有细节的话，读者和故事都会陷入困境。所以，从这个重要的写作区块撤退，为什么会有帮助？

首先，我们并不是要消除感官知觉。撤退和否定并不相同。我们的重点不是感官输入的缺席，而是要如何追求"精确的输入"。其次，感官撤退帮助我们学习把专注力更集中、更完全地放在我们的关注焦点上（情节冲突的设定、角色陷入危机的时刻、对婚礼场面的描写等）。

比方说，我在写这篇文章时一直注意到自己心里有某种倾向。干衣机的警示铃响了几次，我的反应是松了口气，啊！我有机会动一动，伸展身体，处理一下俗事了，比方说洗衣服。我陆续倒了三杯咖啡，都喝完了，吃了不止一把的 M&M 巧克力豆，然后看了看鱼缸里游泳的鱼儿。今天写了半小时之后，我望向窗外，注意到正在下雪。

自从知道外面在下雪，我几乎每写一个句子就停下来，看外面是不是还在下雪。我望着户外时，想着这场雪会如何影响我明天的计划。我忖度会下多少雪。上周末下的雪超过一英尺高，这次会超过那个量吗？还是少一点？然后我想到干旱。亚利桑那州目前正逢七年干旱。这场雪有没有帮助？还是太少而且也太晚了？然后我想到菲尼克斯那一大片不规则蔓延的市区，那些人的用水要从哪里来？要是我们的雨水真的不够，会发生什么事? 然后, 我终于再次感觉到手里的笔, 想起自己正在写作。我必须把自己往内拉, 才能听到自己想说的话。我需要从周遭的感官输入撤退开来, 才能专注于我手头正在进行的事。此地, 此刻。噢, 是的。

想想你在任何一天观察到的所有事情。我们多数人在生活中都面临了感官攻击, 为了能正常运作, 必须筛滤输入的内容。你怎么辨别该放什么东西进来, 该把什么东西筛掉? 你要如何决定什么有意义 (大气压力的陡降) 而什么无足轻重 (公交车慢了五分钟)? 这也是写作上的问题。哪些细节具有分量? 哪些细节只是充数用的? 答案和故事本身息息相关。大气压力的陡降或是迟来的公交车可能很重要, 也可能不重要。每个答案都会创造出一则不同的故事。

我的猫每次只要看到窗外有小鸟, 就会施行感官撤退策略。当某只乌鸦攫住了它的目光, 它会立刻放下正在做的事情, 疯狂冲向窗户, 然后在窗边僵住身子, 全神贯注于那只黑鸟上, 舌头开始咯哒咯哒响, 那种叫声是设计来引诱鸟儿过来的。即使我在它的耳边拍掌, 它依然纹丝不动。我甚至曾经把它抱起来带离窗边, 但它的视线仍然片刻不离那只鸟。我一放开它, 它就立即奔回窗边聚精会神, 出声逗弄眼前的目标。它之所以能有这般的专注力, 就是因为从周遭环境撤退开来, 才能处理手头上的事物——追那只鸟。如果它对屋里的每种刺激源都做出反应, 就永远看不到那只鸟, 更别想说逮到它了。

感官撤退帮助我们深化对微小事物的体验——刚从树上摘下来的新鲜苹果的滋味、当季山茱萸第一次开的花的味道、我们中指第二指节皮肤的触感。一则好的故事或一首好诗是由清晰、特定的意象构成的。感官撤退的写作，关键就在于学习怎么从"每一件"事，转移到"一件"事。不要用"爱""和善"和"特别"这样的词来告诉我们你的祖母有多慈爱。从普遍（爱）移转到特定的，把那份经验呈现给我们看。

从形容鳄梨绿流理台上方的饼干罐开始。饼干罐的形状像饼干怪兽吗？还是像个大型的巧克力碎片饼干？罐子是她孙子亲手做的吗？是玻璃的？还是陶瓷的？也许是马口铁罐？饼干罐在家庭情境里曾经很有分量，你能够回想起那段时光吗？读者不必拥有你所描述的那种饼干罐，也能对那个饼干罐的意义产生个人的连接。你用特定的意象，替他们创造了特定的意象，而他们可以通过后者，轻松地跟世上多数人产生连接，这个连接就是读者与作品的关系里的部分魔力。借由练习感官撤退，你会在自己的写作里创造精准，你会得到清晰和焦点，你会替读者创造出能产生连接的具体影像。你会学习怎么区分、聚焦，然后推敲雕琢。

艺术家乔治亚·欧姬芙（Georgia O'Keeffe）说："没有比写实主义更不写实的东西了。细节令人困惑。只有通过选择、删除、强调，我们才能明了事物的真正意义。"有年夏天，我在圣菲的乔治亚·欧姬芙美术馆买了张明信片，上面印有这段引文。我一直深受欧姬芙作品的吸引，她豪迈的笔触和貌似单纯的风格在我内心留下深刻的印象。起初我之所以买下这张明信片，是因为那段引文让我摸不着头绪。我不懂。听起来很像禅宗公案。写实主义怎么可能不写实？写实主义到底是什么？她的画作——冬树的精髓、海芋的盛放、牛头骨的亮白色——在我心里激起了强烈的感受。对我来说，比起其他竭力捕捉森林里每棵树、每片叶的艺术家画作，她作品的力量更大。我想到传统上对于"好"艺术的看法。如果艺术家可以成功复制周遭的世界，这样创造出来的艺术就是"好"的吗？如果艺术家可以选择并强调自己周遭世界里的单一重点意象，会不会好一点？

这些问题我并没有答案，但我开始通过感官撤退的角度，来看学生的写作和我自己的写作。里面有多少细节？我们真正必须花多久来描述这块岩石，读者才也能看到它？细节变得太过累赘时，语言会有多模糊不明？身为读者的我读到哪里困惑起来？我从哪里开始就和故事断了连接，因为觉得作者要求我完全按照他的眼光来看世界？

我注意到作者"告诉"我越多，我就越无法与故事产生连接。同理，当作者在某个场景里创造的感官超载，想要向我"呈现"太多时，我就不再能看到、听到、闻到、尝到或碰触到故事的任何部分了。但是，当作者有所节制，每个场景只给我关键细节，我发现自己就可以更深入角色和冲突之中。我能够更完整地参与那个场景，纯粹因为我被允许参与那个场景，对方没有把所有的东西都塞给我。有作者的指引，加上稳稳地抓住作者呈给我的重点，我就能做出自己的诠释。

读者不只想成为作者讯息和主张的接收者，还想参与角色的生活。那我们怎么知道要给读者什么重点？这只能靠勤奋加练习。我们会学会每个故事都需要不同的技巧，也会学会怎么区分哪些细节很重要，哪些细节只会造成干扰。感官撤退能帮我们做到这点。就像欧姬芙所说的："只有通过选择、删除、强调，我们才能明了事物的真正意义。"

来练习吧。

身体小憩

把右食指与中指搭在左手腕上，直到感觉到自己的心跳。如果你找脉搏有困难，把手指贴在颈侧。如果你还是很难找到脉搏，那就把右手直接贴在心脏上。

目的与效果——

这会把你拉回自己的身体之内，将你稳稳放进内在的节奏里。借由把焦点放在跳动的脉搏上，你会开始培养不带评判的观察技巧与倾听技巧。

实作练习

1　让我们从身体开始。仰躺在地，手臂贴在两侧，掌心朝上。双脚自然地落在两侧。躺在地上的时候，把注意力拉到脚趾那里，感觉里面的暖意。然后，把注意力转向脚踝，再下来是膝盖、大腿、肚子和心脏。接着，再从手指开始，移向手腕、手肘、肩膀和喉咙。然后，把注意力转向下颚，放松下颚。接着将注意力转向双眼与第三只眼（介于两眉之间的上方）。

当你集中心神在身体的某个特定区域时，就让你周遭的世界消隐而去。只要想着脚趾、膝盖和肚子就好。然后在移往下个部位时，放开原本的焦点。

想在地上躺多久就躺多久。注意这个世界如何渐渐远去。等你准备好要坐起身时，开始慢慢移动。把觉知放回脚趾和手指。深化呼吸。动作轻柔地滚到一侧，然后让自己坐起身，变成坐姿。

观察外在世界有哪些部分会先回到你这里。拿起日志，开始自由书写。你可以选择集中在某个特定的身体部位，或者试着捕捉全部的体验。你可以选择深深进入起初的再度苏醒，就是你从卧姿到坐起身的时候。

2　带着日志到你喜欢的地方。你安顿下来之后，专注于五种感官之一。

自由书写十分钟，谈谈你看得到的东西。然后写下你听得到的东西，接着是尝、触、闻得到的东西。观察你必须略过什么，才能集中心神在一种感官上。那种做法如何影响你对那个场景的整体印象？当你尝试着把一种感官与另一种感官分开来，观察自己遇到了什么样的挑战。比方说，触摸如何受到视觉的影响？

等你针对每种感官写完之后，与你之前观察到的融合在一起，描述整个地方。既然你现在潜入了更深的地方，对此地的印象是否有了变化？

3　从盲者的角度来描述月圆。

4　注意感官之间的连接，做以下的练习：描述西兰花的滋味；刚从干衣机拿出来的衣服的味道；大雨过后的土地的味道；对从未尝过巧克力的人来说，巧克力是什么滋味；描述身体上的痛楚（不要只说"痛！"）；描述某个聋人亲临一对夫妻吵架的现场。

5　现在让我们练习用强有力的细节来描述情绪。试试这样：描述独处的感受。不要用"孤独"和"寂寞"这些的字眼，运用特定的意象来创造那种感受。接着描述喜悦的感受，不要用"快乐""欢喜"这些的字眼。

6　拿出你一直在写的故事、诗歌或散文，在作品里找出你运用描述的地方。利用感官撤退来阅读那个段落。会不会描述过头，结果拖慢了动作？会不会描述得不够多？是否省略了读者需要用来理解该场景的重要细节？根据你的发现，重写这个段落。

16 专注的觉知及意象

> 对你无益的东西，要在它夺走你的人生之前，将它抛开。
>
> ——内卡沃尔（Nacahual，小说中的角色）

我的小说《骨之舞》里的主人公内卡沃尔站在格兰德河畔说了上面这句话。我常常在事后发现，我的角色是多么有智慧，他们有好多事情可以教我。起初，这只是酷酷的一行字，后来我开始把它融入我的写作生活，一点一滴有了更深的聚焦，抛开与我当下需求无关的东西。那行字帮助我学会聚焦，进入我故事真相的深处。

通过培养专注的觉知，我们可以创造具体的意象。上一章里，我们通过从一个感官移向另一个感官的觉知，来磨炼观察技巧。在本章，我们要停住不动，真正深深进入某个对象来创造具体的写作，并有效沟通。有句著名的写作格言是这么说的："通过特定的，就可以变成普遍的。"简单来说，这表示我们不用去写"爱"，而是要写我们"付出或接收到爱"的特定时刻。通过一则特定的故事中独特的感官语言、对白和角色，读者就可以跟自己关于爱的体验产生连接，读者就能从你笔下书写的经验找出意义。没有这个特定的故事，我们最后会写出这样的东西："爱很伟大"或"爱糟透了"——端赖于我们当下的经验。放慢速度，传递出故事本身的丰富性，效果会有多好？

读者会对特定的语言有所回应，因为模糊或抽象的用语无法被看见，所以也无法整合和记忆。为了写出特定的东西，我们必须学习放慢速度进入那个场景，不要为了达到自己输出的目的或闪避那个场景的敏感内容，而急于粉饰过去。

我们大多都会面临第二个问题：闪避那个场景的敏感内容。因为写作会把事情搅乱，揭露一些事情，让我们面对出乎意料的东西，所以当我们坐下来写作，一定会发生某些让你不自在的事。我们的真实自我不会跟着我们规划完美的大纲走，而是另有打算，我们会突然发现自己处于陌生的地域，最后变得不自在。一旦没有工具可以处理这种不自在，我们就会抛下这部分，匆匆略过故事里那个关键性的改变时刻，或是完全停笔不写。

有些学生会用两个短句总结高潮的场景，这样的故事或小说我读过不少，我还真希望每读一则就能收到一美元，那我就发财了。那种写法几乎就像是对读者的攻击。读了那么多页，投入时间来塑造有趣的角色、设定鲜明有力的情境、精心制造张力，最后却发现——轰！作者肇事逃逸，留下读者捧着分散肢解的故事线，仿佛抓着散成好几股的旧线头。这种情况必然会发生，因为作者没为展开场景而留出空间。他无法跟自己内在涌动的情绪共处，无法坐看角色的无所行动，或是无法走到自己和故事之外、前往写作意识（writing consciousness）之地，让故事自行发展。

放开控制是吓人的。为了跃下深渊，我们必须相信有东西会撑住我们。深入自己的真实声音，这点让人非常忐忑，因为那个声音往往极为陌生。如果我们不练习从那个真实的地方发表言论和体验生活，当它一开口说话，听起来会是如何？它会揭露哪些我们向来试图隐藏的东西？如果我们对浮现的东西有所反应，它很可能会将我们带离椅子、投入其他令我们分神的事物。如果屈服于脑海里的喋喋不休，我们就会从作品里被拉开，投入某种事物，暂且摆脱书写这作品时所涌现的情绪。可是，正如所有令人分神的事，这只是暂时的解决方法。我们会再次发现自己必须做出选择：要么写这部作品，不然就去做其他事情。我们可能会反抗写作，或者跟它协商，或企图忽略它。可是迟早，我们要么写作，要么就是不写。如果我们要写，势必回到椅子那里。

写作过程有个狡诈的地方：它会持续向我们揭露我们必须往何处去。等我们下一次坐下来写作，那种陌生的真实声音、想法或情绪就会浮现出来。再一次，我们可以选择留下来，与浮现的东西共处，清楚聚焦于贯穿这个故事的每种感受、每个角色、每片草叶、每次汽车引擎的隆隆声响。或者，我们可以选择去做下一件令我们分心的事情。故事是多层次的；唯有聚焦得够久才能看出下面有什么，也才能发掘那些层次。我们自以为想写什么，只不过是当前能写什么的可见表面，当我们接近那个表面，将它敲破，就会发现隐藏起来的深层故事。我们会发现，在写作的陌生领域多流连一会，就会带来更多与作品有关的意外转折和启示。

以六十英里的时速在北卡罗来纳州乡间双线车道的小路上行驶，或是以悠闲的步调走在同一条路上，仔细想想两者的差别。你会额外发现什么？可能会看到哪些意料之外的花卉？可能会听到哪些鸟叫声？可以多体验到几种触感——土地、篱笆、树木？也许会因为瞥见石头下方或林子深处出现有趣的东西，因此踏上那些不曾走过的路？

放慢脚步，集中自己的觉知，可以帮助你留在写作的当下，让你沿着那些意想不到的道路走进森林里。借由专注于当下眼前的事物，你就不会担心目的地。放开结果，就能释放作品。

一九九九年，我和几个朋友结伴到意大利旅行。我们在罗马停留了几天。其中一天，我们决定搭巴士到庞贝去。我这一生曾经花了八年时间攻读拉丁文，五年级时还搭配火山模型以及红色黏土做的岩浆，针对维苏威火山做了份专题报告，因此这回急着一游历史现场。我们在凌晨赶上巴士，往那不勒斯的东南方前进，最后抵达庞贝。即使在十二月，庞贝也是个炙手可热的观光景点，导游把旅游行程排得分秒必争，他大声说着蹩脚的英语，一开始就声明这趟导览共有三个小时，巴士是不等人的。要是我们迷了路，在礼品店逗留太久，或是走偏了路，就会被抛在后头。

沿途，只要到了某个景点，他就会朗诵一两段制式文字，关于浴场、满月下田野里的纵酒宴乐、公元七十九年火山岩浆喷涌而出时突遭木乃伊化的那些躯体。我们是几十个旅游团里的一个，同时间有人以日语、法语、德语、西班牙语和意大利语说着同一套内容。我无力吸收这一切，我必须停留几个小时。

我需要坐在浴场里，用手指抚过青草，试着记住了护住婴儿、用身体抵挡岩浆的女人的五官特征。我必须跟这些事物相处得够久才可能吸收它们，把它们变成我的一部分，这样我总有一天才能下笔书写。

可是我们必须按照行程表走。巴士不等女人，不管她的意图有多纯正。该要移往下个景点时，我们的导游充满热忱地鼓掌高呼："慢慢来，可是要快！"我和朋友头一次听到这句话时扑哧地笑了出来。我们的导游不觉得这有什么好笑的。"慢慢来，可是要快"成了我们整趟意大利旅游的口头禅。火车在月台上放慢速度的时间几乎不够我们扛着过重的美式行李跳上月台。慢慢来，可是要快。就这几个字，我们的导游总结了美国文化。在庞贝参观三个小时，加上来回罗马的六个小时，我体验到了美国文化，而这点是我身在美国时从未意识到的。

我们"慢慢来可是要快"的时候，无法体验到专注的觉知。我们对自己的写作"慢慢来可是要快"时，就会发现自己写下这类东西："我们搭巴士到庞贝，吃了'内含'在行程午餐费里的难吃的面条。我们看到器物、古迹，也有机会买到正宗的意大利玫瑰念珠。我们回到巴士上，午夜过后抵达罗马。"里面并没有故事，没有质感，没有可以让别人跟我一起神游那趟旅程的细节或意象。

我所在的研究生院里有一位写作老师吉姆·克鲁索（Jim Krusoe），他曾经谈过"作家的瓶颈"。他表示没有这种东西。他说，不管你何时卡关了，放慢速度，针对场景里的每种感官写下五个句子；针对你角色所见的，写下五个句子；针对你角色所听闻的，写下五个句子，以此类推。照着这么做，你就会知道故事接下来要往哪里走。我当时其实并不相信他的话，可是我在第一次卡住的时候尝试了他的做法，结果奏效了。我第二次卡住的时候也运用了这个方法，一样有用。到了第三次，我已经不需要进一步的说服。他当时要我们做的，就是在那个场景停留得够久，好让场景自行开口。在场景的感官元素里流连，就等于稳稳扎根于地。我们把焦点放在能让场景呼吸的东西上——场景的生命力来自土地——就是它的细胞层次。

读者通过感官进入一个场景。那就表示，作者必须现身得够久，才能亲身体验那些感官。作者必须进入专注觉知的状态，才能留在当场，也才能把读者带到现场。

在这个肉身躯体里，我们通过观察，不去闪避体内涌现的感觉，借此练习专注觉知。我们全心练习与所涌现的感觉共处——不管是痛苦的感觉，或是美好的感觉。当我们做这样的练习时，不要因为前弯伸展①两分钟的不自在而做出身体的反应，只要不将自己拉出那个情境，我们就会学到更有价值的事情：心智如何回应不自在。

我们发现，只要心智的要求没被满足，不管当时真实的情况如何，它的反应常常仿佛惨遭火焚似的。我们注意到，虽然我们只是在前弯伸展式里停留两分钟，并未受到野兽的折磨或攻击，但我们的心智在我们对它说出"不，我要留在这里"时，进入红色警戒状态。它竭尽所能就为了说服我们，我们确实有

---

① 瑜伽动作。

生命危险，现在非转移阵地不可，不然必死无疑（刻意夸张）。我们坐下来写作的时候，同样的讯息也会浮现。我们一投入练习，我们的自我几乎立刻就会大声嚷嚷，一心要我们抛下这趟旅程。

身体练习有一部分也是在心智咆哮怒骂时，学习与它共处。我们继续平心静气地跟它说"不"，就会开始形成新的习惯。我们必须学习怎么与涌现的事情共处，而不是急于脱离。我们学习在自己的身体里这么做的时候，就会在自己的写作生活里这么运用。我们学着说："是，我看到你了，我感觉到你了，我承认你的存在，我不会尝试着改变你。只要你在这里，不管多久我都会陪在你身边。我知道你总会过去，也会改变。然后，我就会与接下来出现的东西共处。"

我们不刻意花力气去改变自己的经验时，其实就有体验它的空间。当我们不企图改变某件东西的真实面貌，就等于在教导自己，对于所有的经验不要那么严格地评断。我们接受事情的原貌，就可以在无条件的情况下接受当下此刻的赠礼。

在写作里，我们故事的魔力在于当下的意外赠礼，而不在于我们精心调整与规划的路线图，以及快速奔向的终点。写作是一个发掘的过程，我们早已知道或自认已经知道的，是无从发掘的。

有了集中觉知，我们可以将注意力聚集在写作过程每一刻所浮现的东西上。我们可以和那个场景里的每个细微变化共处，以便找出真相，而那份真实就潜藏在"慢慢来可是要快"时表面所见的东西底下。多停留几口气的时间，那个谜团会自己找到你。

身体小憩

选择一个你喜欢的姿势，只要觉得自在和安全就可以。可以坐在椅子里、躺在床上、单脚站立，或介于这些姿势中的任何一种。挑战在此：设定计时器，停留在那个姿势五分钟，尽可能不要动。运用呼吸来稳住自己，并且保持姿势的稳定。

目的与效果——

这个活动会帮助你在自己的身体里，观察心智有多快就想移向下一件事情。注意，虽然你可以自主选择姿势，而且没有任何身体的危险，但你还是会想离开目前的姿势，进入别的姿势。注意，身体会开始发送讯号给你，要你移动。不要评判，只要留意。当心：如果身体疼痛起来，请换掉你所选择的姿势。

实作练习

1　在镜子前望进自己的双眼。注意边缘四周的纹路。注意睫毛的厚或薄。你的眸子真正的颜色是什么？你望进自己的双眼时，见到了什么别人所没看到的？专注在其中某一道纹路上。让自己的视线缓和起来，跟那道纹路互相连接。它让你想起什么？它对你说了什么？拿起日志，写下那道纹路的故事。

2　定时器设定十五分钟，有意识地双手交扣。注意到有什么出现了。你的掌心出汗了吗？你焦虑吗？自在吗？你在双手的肉里注意到什么？不带任何目的或主张，只是存着恻隐之心碰触自己的肌肤，感觉如何？如果你焦虑起来或坐立不安，试着与这个感觉共处。定时器响起的时候，拿起日志开始写。

3 从自然世界里选择一样东西或单一对象。可以是一颗石头、一只贝壳、一朵花、一片草……放在你面前的桌上。让自己的视线柔和起来，碰触那个物品，真正花时间注意它的纹理、气味和色调。那个物品就是你进入写作的大门。你开始与那个东西更深刻地融合在一起时，心里浮现什么就写什么。你卡关的时候，就回到那个东西上，尽可能流连在感官细节上，继续让写作流畅起来。到了你选择停笔的时刻，再多写五分钟。

4 拿起你觉得卡住的未完成作品重读一遍。将你觉得特别有意思的地方圈起来标记出来。你不用知道原因何在，只需信任自己的直觉。回到那些圈起来的部分再次开始，但是这一次不要理会那个特定场景或那行字前面以及（或）后面的内容。开始动笔，不是从原本的这份作品开始，而是从你读完有问题的那行字或那一段时心里立即浮现的东西开始写。

在这里过度描述也不要紧，事后总是可以删减。一个细节导向另一个细节，这或许是把钥匙，能为你提供这一章或这首诗的下一个方向。体验一下因为专注觉知而产生的那种流动。

17 塑造角色：深度质问

> 最不正确的故事，就是那些我们自认为最熟
> 悉——因此从未审视或质疑的故事。
> ——斯蒂芬·古尔德（Stephen Jay Gould，美
> 国古生物学家）

谁栖居在我们的故事和诗歌里？我之前谈过，我们要怎么为了笔下的角色倾听土地，又要如何倾听身体。我谈过需要为了作品而现身。谈过纪律。谈过要投入全副心神。老实说，我不知道角色从哪里来。我不知道为什么有的角色成功，有些不成功。我不知道为什么有人会觉得非得写与自己性别相反的角色，那些角色生活于某个他从未体验过的地区和时代。事情就是这样。

关于塑造角色，我所能给的最好建议就是"认识自己"，正如希腊人所说。真正的写作首先是往内探索的旅程。请把重点放在"旅程"这个字眼上。你不会就此结束这一生，而是会继续发现关于自己的事情，希望能在人生中持续成长，深化与自我之间的关系。你内在可以探索的东西没有止境；我也不知道那是从哪里来的，但它们就是在。

内在工作也是战士工作。我们身处的社会鼓励和奖赏能使

人从这场内在之旅分心的事物。我们受到鼓励，要把心神放在"我们是谁"的外在展现上。至于"内在美"，女性杂志只是口头说说而已，然后继续在封面上展示模特儿那遥不可及的曼妙身材——我们每天都面对着这样的双重性。

广告商向我们推销方法，要我们用新车、新衣和新药重新塑造自己。不少宗教要我们向外寻求救赎。作家也向外寻求以高远的主张与理想所呈现的写作素材。我们列出角色清单，聚焦在表面上——眸色、发色、最爱的电影、最吓人的时刻。我们描绘了外在（外壳），然后纳闷该上哪儿填满它。这些外壳就是在你的故事里活动的平板角色，他们只有半条生命，只有一半存在——这常常也反映在作者身上。我无意侮辱任何人，只想点明这两者之间的关系：我们对自己认识有多深，就对自己笔下的角色认识有多深。我们平日能往内走多深，写作时也就只能走多深。深度写作来自深度生活。

文化人类学者约瑟夫·坎贝尔（Joseph Campbell）把个体和文化神话学的概念带进公共论述中。他通过各个文化的故事和世界观，在迥然不同的各种文化之间创造连接。他向我们展示世界观，以及故事线是如何构成一个世界。山姆·基恩（Sam Keen）在《故事的力量》（*The Power of Stories*）里以此构想为基础，讨论我们每个人所处的神话（意指故事，而不是"非真实"[untruth]）层次。

我们有很多不同的筛网，我们的经验会穿过这些筛网。我们接受的以及我们排斥的，两者共同构成了我们。对于看过的东西，我们无法不看见，于是这一生中所经历的东西塑造了我们，我们的输入来自家族、邻里、学校、教会、政府，以及自己的体验。我们拿起并选择当时与我们看似有关的东西，随着成长的脚步，抛开再也不管用的，以其他事物取而代之。你的角色也会经历这个成长与改变的过程，如果你多加留意，就会明白有不少故事就围绕着这件事发展：角色挑战并摆脱了某个老旧的信仰体系（神话），偏好新的一个。

我们的基础旅程大多都是内在旅程，也可能包括外在旅程，可是几乎总会有某种内在的变动，意图远离旧故事线，朝着新故事线挪移。很多角色都有思变之心，出于角色对自己当前人生情节的不满，所以，和作者一样，我们处理的基本上也是信仰体系。我们必须在信仰体系里觉得自在。我们必须明白自己拥有哪些信仰体系，也必须理解地球上的其他人类里没有谁的神话会跟我们的一模一样。一头跃入你笔下角色的神话吧！他们对爱的信念是什么？为什么？他们对土地有什么样的信念？对宇宙呢？对性别角色？对家庭角色？他们信仰的神是谁或是什么？不要害怕这些问题。

先拿这些问题问问自己。你可能会觉得意外，你的信念和你原本以为的有所出入。你可能会发现自己对某个政治团体有着令人不自在的偏见或评判。你可能会发现自己对那个"他者"的了解并不多。

找到觉知。

啊。

你正在成长。

要塑造深刻的虚构角色，作者必须愿意进行深度的自我探索。你对自己深度内在所下的功夫，你笔下角色也有同等的需求。指定晬色给他们，并不会让他们拥有实质；给他们一份工作，并不会给予他们人生。有些角色有深沉的省思能力，能够反观自省；有些角色安然接受生活的表象。故事涵盖了各种类型，正如人类也包括各种类型。如果人人拥有共同的世界观，这样的小说就不会有任何冲突或张力——而冲突与张力正是推动叙事往前发展的钥匙。

不要害怕。敞开心胸，睁开双眼，看看你内在的新世界。

实作练习

1 打扮成你的角色出门一天。化身为他或她，想想动作、姿态、手势、眼神接触。注意当你打扮成别人时，大家是如何回应你的。

2 用你笔下一个角色的观点写下一段独白，以"我相信……"为开场。然后写下一个场景，那个角色在其中与自己先前声称的信念背道而驰。

3 从你笔下一个角色的观点写下一段独白，以"我永远不会……"为开场。然后写下一个场景，那个角色在其中不得不做那件事。因为这个场景，故事起了什么变化？你对这个角色的觉知有什么改变？

4 你笔下角色永远不会买什么？去逛逛二手商店，看看会冒出什么灵感。你找到那个东西后，买下来带回家去。把它放在你的写作区域里。注意把那个东西放在附近会有什么感觉。你的角色对它有什么反应？你自己对它有什么反应？你的角色为什么那么厌恶那个东西？把那个东西用在你目前设定好的场景里。

18 观点：我不是"我"

每个人都以自身有限的视野来看这个世界。

——叔本华（Schopenhauer，德国哲学家）

你在创意写作课或教科书上可能听过，不管哪种文本类型，在你必须下功夫的写作技艺元素里，"观点"是最复杂也是最关键的；"观点"常在手稿上以 POV（Point of View）来标示。确实如此，抱歉，就是没有捷径可走。为了成为写作者，你必须正面迎击"观点"这头长毛象。是的，这点对诗歌来说也适用！既然层次各异的众多写作者都可能展读这本书，我想向大家简略介绍关于"观点"的专有名词，这样我们就可以站在相同的基础上，一起深入探讨它的精髓。

首先，不要把"观点"跟"意见"（opinion）混淆了。这样选字是有点遗憾，不过我们目前也只能这么用。在创意写作里，"观点"指的是观看作品的角度（角色和距离，或谁以及在哪里）。我们可以从下面三种观点或人称做选择：

第一人称＝我（单数）或我们（复数）

我去看电影。

第二人称＝你（单数）或你们（复数）

你坐上车子，看到他把喝剩的朗姆可乐留在前座。

第三人称＝他／她／它（单数）或他们／她们／它们（复数）

她追着一丝须后水的气味，急忙穿过宾州车站里的人潮，这气味让她想起某个她以为再也见不到的人。

在第一人称里，角色叙述着故事，除了回忆录或其他形式的非小说之外，这个"我"并不是作者。第二人称并不常用，尤其篇幅较长的作品里，它用直接称呼（你去看电影）把读者变成角色。在第三人称里，另有叙事者负责讲故事，虽然那个叙事者可能会让你看到单一角色的想法，但叙事者并不是真正的角色。

选择第三人称时，你就有机会实验我们最重视的工具之一：距离（情绪距离和时空距离），有各种不同的距离可供运用。你可以蹲踞在与你的主人公相隔三英里的电线杆上，也可以待在你角色的眼睛后方。从第三人称有限（留在一个角色的视角和思绪里），到史诗那种有如上帝般的第三人称全知（无所不知），这些距离都会反映在作者所选择的观点里。

约翰·加德纳（John Gardner）在他的经典著作《小说的艺术》（*The Art of Fiction*）里将这个技巧称作"心灵距离"（psychic distance）。那个／些人的思绪由你传递，你距离他／他们有多远？摄影镜头从哪里观看这个场景？我们就在眼球后方，还是栖息在那片土地最高的橡树上？距离决定了视野与亲密度。一般来说，观点的问题要在修订阶段得到妥善解决。我们在观点里进进出出，端赖于自己想要如何制造张力、节奏与亲密感。

当代文学最常选用的观点就是第一人称和有限第三人称（你常会看到小说用好几个有限第三人称的叙事者，由章节区隔开来）。如果你刚开始写作，我建议你先照着这些选择写一段时间，直到全面掌握了要领为止。有时，我会把观点想象成一种文书处理程序，我只用到了计算机程序功能里的十分之一，而我每开启一项新的写作计划，就会多学到一点关于这种程序的新东西。所以不要觉得你必须马上"驾轻就熟"，通过动笔写作、勤加阅读（注意作者选择什么样的观点），最能体验到"观点"。

正如我先前所说，除了回忆录和自传，第一人称的叙事者并不是作者，诗作也是如此。我们不能假设作品里的"我"就是作者的声音，除非对方明白告知。作者的元素固然可以在其笔下所有的角色里找到，但是如果你能早早学会不要在评论时对作者说"当你在第二页杀死那只得狂犬病的蝙蝠时……"，就可以替自己省去很多尴尬。除非作者明白告诉你，他写的是个人叙事，否则，直接假设作者就是叙事者不仅相当无知，也显得无礼又草率。参考我在书末所推荐的写作技艺书籍，可以对观点有更深的认识，本书的论述只是触及表面而已，不过希望我们现在有一个共通的词汇表了。

在任何给定的故事里，要决定用哪种观点有很多因素有待考虑。这些因素有一大部分涉及角色本身，以及因他们独特的性格和个人视角对故事不同的处理方式。我们来看看这些特征可能来自哪里，又是如何影响观点的选择的。也许你已经开始明白，观点是如何建立在同理心、好奇心、接纳、角色深层特征和阴影之上的。学生最初开始写作时，笔下的角色往往是自己平面化的复制品，反映了他们觉得最自在的那部分。要能在观点的昏暗水域里悠游得先投入不少时间，其中有个最大的原因是：

> 你（和我）观看世界的方式，就是你（和我）观看世界的方式，不多也不少。有六十亿灵魂以自己的方式看待这个世界。你（和我）看到的并非世界的本貌；我们只是透过自己的感官知觉、语言、神话、经验与限制所构成的框架，来观看这个世界。

没有人类可以完全客观地观看这个世界。我们可以尝试，但是我们背景的影响力深沉、微妙而且错综复杂。我们会看到自己预期看到的，在同个场景里，其他人会看到全然不同的东西。这是因为同样的场景在每个人身上都会触动不同的按钮，端看个人经验如何。如果不知道自己跟周遭的其他人都有这种状况，对写作会非常不利。你看待世界的眼光有限，不代表你就是个差劲的人——你只不过是个人罢了。努力拓展自己的经验和觉知，虚心接受你的镜片蒙上了不少雾气，有待你自己去认清。现在就练习接纳。你是凡人。

关于观点，写作者面临的第二种挑战就是抽离：

> 作家的自我必须化于无形，这样角色及（或）叙事者

才能迁移进去。作家不能把自己的道德观强加在角色身上，不能只让角色出席自己参与过的活动。

观点带来的第三种挑战相当特别：

> 作家必须拜访他的阴影。对笔下角色的动机，他必须能够理解并且表现出同理心。除非他希望小说里尽是甜美、闪避冲突、不带偏见的人（你可以想象，这种故事会很无聊的），否则就必须跟他这部分的自己（这部分的自己会有他无法接受的行为和想法）找到连接。这部分的自己能够理解《沉默的羔羊》里，食人魔汉尼拔·莱克特找错目标，在见习特工克拉丽丝·史达琳身上寻求爱。或是《洛丽塔》里，亨伯特教授在洛丽塔这孩子身上所追寻的爱。他必须找到（但无须宽恕）这部分的自己。

观点需要的不只是对技巧的熟练精通，还需要对自己与人类同胞怀有怜悯之心。你，温柔的写作者，必须爱上笔下的角色，即使你眼见他们受苦、挣扎，甚至可能死去；是的，你也有机会看着他们坠入爱河、马到成功、欢笑与嬉戏。你的人生越是宽广开阔，你笔下的角色也就会越宽广开阔（而且可信度更高！）。你并非宇宙的中心，事情理当如此。如果全都是你，那么其他人该置身何处？我们所有的人都是透过倾斜的镜片在观看世界，你的角色也是如此。他们的镜片倾斜角度和你的不同，可是这种倾斜正构成了特定故事或诗作的样貌。改变观点，就改变一切。

想想最近一场家族聚会。你"知道"发生了什么事。你母亲、姊妹、表亲也是。你们每个人描述当时事件的说法各有千秋，端赖每个人的内在神话以及你们与事件之间所相隔的距离（身体的与情绪的）。在每个家庭成员的心里，她或他讲的都是真相。注意，事件（这场家族聚会）本身是中立的，通过个人的视角观看，才会产生意义并成为故事。要记住：事件和物品都是中立的，而人和角色却绝非中立。

我们最终得做出不少选择，才能决定采取什么观点，其中不少都得凭借直觉，而且全都会影响到故事的根本。在修订阶段，多方实验观点是件有趣的事。叙事者如果是杰克而不是塔娜，我的故事会变成什么样子？如果我用第一人称而非第三人称，会发生什么事？如果我退开一点，从附近一个有利位置（隔着一段距离）来说这个故事，会发生什么事？要是我再靠近一点呢？实验看看。不要卡在你擅长的某一种观点上。拜托，你开始动笔时所采用的观点，不必认为非得坚持用下去不可。

我开始着手写《骨之舞》时，它不只是第三人称全知，而且所有角色的名字都跟定稿时不同。最终，这本小说以多重第一人称的声音写成，有第三人称客观的声音以短小的篇章穿插在叙事当中。我不得不承认，在写了几千字之后，第三人称全知无法满足故事所需。我渐渐明白，这个故事让我知道，必须用哪种观点才足以述说它。我必须信任这个故事，于是必须抛开我的原始构想。

处理观点其实有无穷无尽的选择。灵活对待自己。多多实验，不要强迫你的故事接受某种观点。静静聆听，但请随时准备好动笔!

实作练习

1　想想某个痛苦难忘的情境，比方车祸或葬礼。以一系列的第一人称独白，从十五个不同的参与者／出席者的角度来描述这个事件。赋予每个角色他们自己的声音，让他们各自诠释这个事件。不要写三个就停笔! 继续下去。延展!

2　这份练习适合以配角来进行。挑出两位配角，以各自的观点分别写下两段独白。对每个独白来说，检视以下的问题: 你是谁? 你想要什么? 什么阻碍了你? 你愿意冒什么样的险?

3　从你正在写的场景抽出两到三页，从该场景里挑出另一个角色，并且用该角色的观点重写这个场景。如果场景里原本就只有一个角色，就把观点从第一人称改成第三人称，或从第三人称改为第一人称。你学到了什么?

19 改变

> 改变是宇宙的本质，我们的思想造就了我们
> 的人生。
>
> ——马可·奥勒留（Marcus Aurelius Antoninus，
> 古罗马哲学家皇帝）

上学期某个春日午后，我在任教的大学办公室里忙碌，此时听到屋顶传来雨声。这在亚利桑那州长达七年的干旱期间可是大事一桩，我不久前才到外面去过，当时艳阳高照，暖和得可以穿短袖。就跟很多大学一样，我们的办公室仅有寥寥几扇窗户散置各处，所以我去找了扇窗，想看看怎么回事。阴暗的云，厚重的雨。其他人也从办公室出来了。我们透过墙壁闻到了水气，心生欢喜。

接着，雨水变成冰雹——货真价实的冰雹，像高尔夫球似的又圆又厚。十五分钟之内，冰雹变成了雪。不到一个小时，太阳重新现身，当我离校回家时，连短外套都不需要穿。我这辈子在菲尼克斯住了那么久时间，那里的天气顶多只有细微的变化，所以这个山城中移动不停、变幻莫测的云朵，让我敬畏不已。我也意识到，如果我们好好留意天气，它就会引领我们度过人生每个面向都会发生的自然变化。我明白天气跟它的氛

围是我们自己生理变化的指标。

对我来说，住在菲尼克斯让我远离这种内在的微妙。在我眼中，每天看来都一模一样（虽然我知道露点温度跟风向都会改变）。我住在那里越久，自我意识就消失得越多。我变得一成不变（对我而言），日复一日毫无变化，有如我对外在世界的认知。我知道在天气容易预测的地区，很多人过得朝气蓬勃，可是我不在他们之列。

我搬到北方的时候，发现自己的生活每天都在扩展、变动，就像天气一样。我开始更密切地注意自己的身体，它每天也有些差异。星期一松弛的地方，在星期二紧绷起来。好了，如果我多加留意，就会发现某天当中的某件事不会和前一天或后一天相同；如果我不留神，日日年年就会全部混在一起，而我就面临提出最致命问题的风险："时间都跑哪去了？"

故事和诗作谈的就是改变。我们拥有的大部分时间都是由细微的改变所构成，而不是天摇地动的那种改变。每天在视野、立场，甚至是服饰上的变动，让我们成为"我们"。生活就是各种小变动的融合，你的故事里一定要包含这些小变动。写作者一定要能察觉变动的细微之处，要不然他的作品永远都会在谈剧变。是的，有时会有死亡、飓风、心碎，可是你不能把一系列达到红色警戒级别的灾难堆砌在情节里，你也要意识到细微之处。我们首先会在自己的生活里意识到这种微妙。好好留意自己的血肉，你可以从骨骼里、扁平足、第一个老人斑里听见故事；你的一个鼻孔呼吸起来比另一个鼻孔轻松；你吞咽时，喉咙紧绷或松软。每一天、每分钟，都有细微的变化。

在后工业时代，我们大多数人都在高效率机器的包围下生活。日复一日，机器以同样的方式运转着，因为那就是机器的使命。而在谈到工作过程时，这种意识会渐渐渗透到我们对自己的期许中。我们期待自己每天的工作都可以达到同样的水平与深度。但是我们不是机器，而是有机物质，受制于许多不一致——生理、情绪、心理，让我们今天无法以同样的专注程度写出跟昨天一样的字数。我们是凡人，不完美而且时时在变，我们一定要容许自己的创意生活有那样的变动。

依循你自己不断变化的天气模式里的风暴，看看另一边有什么。当你想下笔写作时，不必坚持等到天气放晴、气温适宜（二十二度多）。你在雨天也写，同时意识到能见度可能不如晴天，可是你踩到水坑时也许会注意到不可思议的事正在发生，而那是你戴墨镜时从来不会看到的。要保持弹性，不要抗拒暴风雪，而是留意你置身其中时注意到什么。留神。积雪融化的时候，留神。活出并观察你生活的每个时刻，注意起伏涨落，以及事件的最终模式。

当你微调观察的技巧以留意自己世界观的细微变动时，把那些技巧延伸到自己的小说与诗作世界里。微妙之处会带来可信度，它们会和读者培养亲密度，让读者信任你。如此一来，当读者拿着你的书在椅子里安顿下来时会说："这就对了。这个作家在场。"说真的，就是这么一回事。

培养自己对当下此刻的觉知和鉴赏能力，留意你是如何忍不住把它们带进自己的写作里。你身在何处，写作就在何处。能量会跟随意识而来。留神。只要一刹那，一切将有所不同。

实作练习

1　定期写下"身体日志"。每天都留意自己身体的内在感受。要非常具体，不要只说"我的背在痛"。查出受到影响的是哪些椎骨（必要时找本解剖书来），不要只集中在疼痛或不适的区域。

　　身体没给我们惹麻烦的时候，我们往往就对它视而不见，所以也要注意那些没有疼痛、运作完美的部位。

2　今天和昨天有什么不同，列出清单，可以不限于身体方面的事。连续七天都做这个练习。你注意到什么？

3　你的角色差点做出什么会改变一切的事？把下决定那一刻的场景写出来。

4　以这个提示自由书写："受伤的意思是……"

20　受苦

> 你内心深处很明白，唯一的魔法、唯一的力
> 量、唯一的救赎……就叫作爱。唔，那么，爱你
> 所受的苦难吧。别抗拒，别从它那里逃开。真正
> 伤人的是你的嫌恶，不是别的。
>
> ——赫尔曼·黑塞（Hermann Hesse，德国
> 作家）

　　我们期望拥有的体验与当前有所不同时就会受苦，就这么简单。因为我们相信实现某个欲望，就会带来永恒正向的改变，于是屈服于那个欲望，结果就会因此受苦。这种想法的前提是有瑕疵的，因为一切都是暂时的；一切都有开始，也有结束；诞生的一切终将死亡。我们今天感受到的喜乐会变成忧伤，然后再次变回喜乐，我们并非停滞不动的存在体。不过，因为我们相信可以莫名地永远冻结并留下自己喜欢的时刻，相信可以不用全心参与不自在的时刻，因此深深受苦。这是我们战胜不了的循环。我们越快接受"无常"是既定事实，就能越快接触到自己最深层的声音。

　　在写作里，这种性质的苦以诸多方式呈现。最明显的就是，相信某种特定的结果或成就（赢得那个奖项、获得那项创作奖

励金、找到经纪人），会带来持续的快乐与狂喜。其实并不会。但是只要你认为会，就可能持续在里面打转个不停。能够赢得奖项、获得出版机会或是找到经纪人的确很酷，但是那些事也都是暂时的。

这类型的苦会出现在另一个地方，就是在实际的写作过程中。你原本进行得很顺利，突然你执着于找出关于十四世纪西班牙生活的某项事实，因此让写作停摆。你拼命搜索网络，甚至去图书馆，你很专注，你在执行任务。可是你真正在做的，是把自己的精力全数奉送给一个分神事物上，最终会像发痒那样，一等状况解除，只会获得一时的满足。下一次当你身体发痒时，注意，别去挠。请留意，你越是不挠，它就越表现得好像要把你的腿扯烂一样，但就是不要挠。过一会儿，你的脑袋会意识到你不打算配合那个痒处起舞，它就会转往其他事情了。原本那个痒处带来的折磨变得不成问题——其实本来就不是什么问题。我不是要你永远都不要挠痒痒，而是请你注意写作过程中会出现那种隐喻上的痒。就这么一次，请你别去挠，注意接下来会发生什么事。

受苦会出现在写作里的第三种方式就是，写作者试图控制作品——这跟想得到特定结果的欲望是相通的。要认出这个绊脚石的关键句就是"我要我的角色去……"不管你在哪里谈起写作，听到自己以"我要……"当开场白时就要留意。你正进入永无止境的"自我区"（ego zone），你早已有了预设，如果你愿意深度写作，让角色对你说话，一旦发现他们走的方向不符合你原本的计划，你就会大感不满。如果你已经知道自己要往哪里去，那么这趟旅程就会变得勉强、颠簸，而且毫无意外地直线发展。所以，你不用知道这么多，不用掌管所有的东西，就像你不用撑起全世界，可以把它放下来一阵子，世界也会照常运转。见证自己的故事就好，不要指挥它们。等它们找到自己的方向和声音以后，就可以强化它们，修改情节，制造出更多张力——但要等到有素材之后才这样做。试图控制自己的写作，绝对是自讨苦吃。

写作时会受苦的第四种方式，就是误信写作源于思考。"当然是啊！"你可能会说，"我一定要先思考过某个东西，才能下笔写啊！"可是那并非事情的全貌。我们的心智当然会参与写作过程。如果我的脑袋没在运作，我就无法把这些字打进计算机里，也无法呼吸或坐直身子。我们全都有思绪，可是我们不是我们的思绪。

坐在冥想垫上十分钟，会让你看出任何一个时间里脑海中出现的"思绪乱象"。我们试图追随自己的思绪时，它们会消散无踪；而当我们试着不带评断或眷恋去追随自己的思绪，它们就会化入其他思绪和念头当中。我们不紧抓着思绪，就不会受到它们的影响。可是我们的思绪是什么？我们是什么？见证那些思绪的是谁？如果我们不是自己观察到的那样，又要如何跟自己观察到的东西亲密地交融在一起？我不知道。这个谜团只能靠我们用各自的方法解开。

我鼓励你尝试练习"不要"认同自己的思绪；而且相反，以别有兴味的抽离态度来观看它们。对人类处境中这个疯狂的东西大感惊奇吧！让你的思绪像呼吸一样穿过全身，思绪的寿命只有一瞬间，不要为了让它们常驻久留而紧抓不放。你练习呼吸流动、让思绪流动时，就会发现要进入写作过程的流动阶段变得较为容易。

你可能听过作者谈到置身那个"区"的事情，这是另一种表示"流动"（flow）的方式。运动员经历得到，画家经历得到，你在打理花园、散步或祈祷的时候也经历得到。不管正在做什么活动，只要我们完全现身，就会进入那种流动状态。很多写作者都会谈到事后阅读自己在那个"区"里写的东西，觉得仿佛在读他人的作品。他们对自己写下那份东西没有任何有意识的记忆，他们只是让文字穿过自己，移到纸页上去。那个流动之地、信任之地，创造出它唯一所能创造的——生命。

你对自己今天写出来的内容不甚满意时，也会感受到痛苦。你希望它是 X，可是写出来却变成 Y。万一 Y 其实是更好的选择呢？或者说，万一 Y 是你唯一可以抵达 X 的方式呢？可是你不知道是否如此，因为你早已因为 X 没马上浮现就停笔不写了。给写作一些空间吧，耐住性子，持续现身，继续保持抽离的态度。

佛教徒告诉我们，人生就是苦难。此话固然不假，却并非因为人生本质就是糟糕的，而是因为我们身为人类动物，正持续在一个不合逻辑的前提下运作，我们之所以受苦，是因为我们眷恋着永恒和结果。花一点时间面对这一点。当你还在转轮上动个不停时，好好思索这一点。随着自己的思绪返回源头，就会发现它们是空无（nothing）。检视自己投入多少精力在相信自己的思绪上。好好琢磨这一点，更重要的是，以这点为主题书写一阵子。

　　我们是凡夫俗子，所以不会每天二十四小时都充满了无比的幸福感，也不是每次坐在键盘前就能写出隽永珠玑，我们的关系跟工作不会总是尽如人意。不要试图远离这些真相，而要走进它们。既然它们也是暂时的，索性尽可能彻底探索每个当下的经验，下一刻就会不一样了。

实作练习

1　以这个提示自由书写："受苦的意思是……"

2　从你在第1点里的自由书写中挑出一些想法，集中成文字群。比方说可能是以下这些字：卡住、面具、冻住、恐惧、移动、思绪、伤疤、信念。从你的文字群里挑出一个，针对它自由写作。在这份自由写作的内容里，找出一个特定意象来阐明自己的写作。

　　另外找张纸，再次开始，以那个特定意象作为书写的起点。

3　留出一个写作练习的时段，写下自己当下注意到的思绪。你会看出自己思绪的速度快得来不及动笔记下，那也没关系，能捕捉到什么就是什么。不要审查那些思绪，不要试图把它们写成连贯的叙事。这个练习的目的只是要你留意脑海里的动态。做这个练习时，要确定投入整整二十分钟的自由写作时间。把写出来的东西搁置几天，然后回头重读自己写下的内容。你注意到什么？它涵盖了多少主题？有多少是线性发展？有多少在兜圈子？有多少是无法辨识或难以理解的？再次提醒你，这个练习的目的是观察，不是评判。

4　回想自己的思绪（而且单单是思绪）替你创造出某种心境的时候，比方说事先编造出你害怕在工作岗位上可能发生的冲突，或担心关系出了问题会造成什么后果。重点在于，注意到自己的思绪可以绕着尚未发生（也可能永远不会发生）的事件编出整个故事线，然后从那些思考模式里，注意自己的能量如何转变。

当心里浮现某个例子时，快速写下那个情境。试图重建你的思绪接管叙事之前的那一刻，以及重建你的思绪放手之后的那一刻。利用这个练习就你脑中的这次历险自由书写一首诗或一篇散文。

21 毅力

> 同一时间，爱、仁慈和需求有如暴涨洪水一
> 般涌来，心获得了释放。
>
> ——格斯·布雷特（Gus Brett，美国乐手）

我常常教授长达三个学期的小说写作课。这门课程不是为了胆量不足的人而开设的，也不是为那些早有"计划"者而开设的。就某些方面来说，这门课注定要"失败"，因为想在三个学期内写完一本小说，的确是个有点愚蠢的想法。是的，你一个字接一个字地写，写七万五千字要花多少时间？不过，正如任何作家都会告诉你的，重点不在于花多少时间写出那个字数，而在于花多少时间才能把那些字的顺序排对。因为写作是非常个人的行为，没有可供下载的蓝图来告诉你，该怎么一步步将自己的书拼凑成形。

有些写作指导书做了这样的尝试，它们提供的是写作公式，让你写出必要的字数。可是它们没办法告诉你如何写出你的书，没有人可以。每本书都会为你提出自己的问题，每本书都会呈现它自己的挣扎、主题和你心中的黑暗地带，如果你好好下功夫，每本书都会把它自己的声音和结构贡献给你。在我的经验里，我写作过程的"现身"部分越一致，那个过程的"写作"

部分就越一致。

虽然你接受了邀约，却不代表往后的道路就会平坦顺遂。你可能会夜不成眠，忖度着该怎么处理你小说里约翰与珍的出轨。杂志、经纪人和出版商可能三番两次拒绝你。你可能望着窗外的春日，纳闷自己为何还坐在电脑前，卷入虚构人物的生活。也许你会发现自己长达三周时间对某则故事着迷不已，接下来的两个月却完全失去兴致。或者，也许你读到一本精彩的原创小说之后却步不前，心知自己永远也写不出那样的作品。你可能受到诱人的书籍、教师、研讨会、学术课程所吸引。一时片刻，你可能会相信，最新版的微软文书系统可以让你马上把小说拼凑成形，而高速网络可以让研究变得更快。你的骨子里可能告诉你，你挑错了写作计划，一定要抛弃它，换成更新也更诱人的。

可是，就像人际关系，如果你想要维持下去，就得持续现身，即使你宁可同会计部门那位新进的男同事喝杯咖啡。写不出来的时候，你持续现身，因为你知道它们终会回来。你之所以持续现身，是因为你明白没有这份关系，你就只是个空壳，无法变成所能成为的人。你知道这一点，是因为以前就多次抛弃过它，事后却捧着鲜花和糖果跪在地上爬回来，想要重燃那个火花。

没有人可以替你量身打造一个专属的写作计划，因为没人知道潜伏在你阴影自我里的东西是什么，连你自己都不知道。所以，你一旦开始写作，就是在挖掘那些阴影幢幢的地方，常常是在无意识的状况下，然后发现自己与不想正视的东西面对面。这点会让你很意外（尤其是你原本就有计划的话），因此常常觉得挫折。

我们往往把写作过程里的这个阶段错误标记为"写作瓶颈"。然而，这不是瓶颈——不真的是。它是我们被放进自己宁可闪避的情境里所衍生出来的不自在。远离那个不自在，然后开始新的东西，这样做比较轻松（或许当时看来似乎如此）。我跟永远是"起步者"的学生们共事过，他们有绝妙的构想，对自己的计划兴奋不已，但等到该下功夫的时候，却在第一个路障那里止步不前，然后有了另一个精彩完美的构想。这个循环只会让你像仓鼠踩轮那样原地空转。不过，它将教会你的是，你自己有什么行为偏好。

身为写作者，很重要的是，我们要对自己分心和闪避的方法有所觉知。我们对它们的觉知度越高，就越能有意识地加以避免，好好留在作品旁边。诚如我先前举过的例子，网络购物非常容易让我分心，我在这里敲着键盘写着计划，结果电子邮件通知弹了出来。噢，正好是我需要的折价券！要是我不知道自己原本就需要它，那就更加诱人了。于是，我一头潜入网海（还在我的写作时段），等我浮出来的时候，荷包不仅更瘦更扁，工作上也更觉挫折。对这种分心的觉知给我一个机会观察自己的行为，以及行为的起因，这样我就能有所学习。我们全都有"个人偏好的分心物"。这个练习的重点不在于永远不分心，而在于聚精会神。你分心的时候，好好留意，提高觉知，陪伴那个不自在。如果你当时并未转身离开手上的工作，会发生什么事？如果你留下来，会发生什么事？

　　在课堂上，我给学生一个提示，看他们才写下三到四个句子就停笔了。我试着建议他们继续写，即使他们认为已经无话可说。我引用纳塔莉·戈德堡（Natalie Goldberg）"让笔继续动下去"的信条。我们停止写作时，倾向于停在安全地带。我们停下来，当我们觉得事情还在自己的掌控中。我们停下来，当我们觉得某种真实事物的边缘正啃咬着笔。身为写作者，我们一定要培养自己突破"想停笔的冲动"（或转而去购物、电话谈天或莳花弄草的冲动）的能力，并且待在正要浮现的东西旁边。我们很少能在第一次就写出切中要旨的内容。"毅力过程"的一部分，跟从写作工作里将自我释放出来有关。你正在学习放开"我"——"我要我的角色做 X"以及"我想写美国种族不平等"里的我。你穿过这些最初的欲望和渴求。记得第九章的梯子吗？那些欲望可能把你带到了书桌前，可是该是放它们走的时候了。

　　很多学生带着大写的"I"（我）这个念头，来到创意写作课。对于自己到底想说什么，又希望读者从他们写下的内容里获得什么，他们一清二楚，毫无疑惑。这没关系，毕竟是个起点，而我们都必须从头开始。他们最初的草稿都是理念，非常以脑袋为中心，而不是基于身体，充满了自以为是的主张、道德训示和评判。这也不打紧，我们就从这里来构建。

　　理念本身是抽象的，而优质的写作是特定、具体的，读者必须仰赖感官的东西，于是我们继续往作品的深处走。我会说，给我一个可以代表那些抽象理念的意象吧，把你正在谈的事情展示给我看。我们会寻找具体的语言。我们不写"苏西好期待去上学"，而是写："苏西用细小的手指抚平粉红色新连衣裙的褶子。一年级今天开学。她想象二十六个字母形成一个环形在教室里绕来绕去，由数字、符号的点和角串联在一起。加号看起来像十字架，减号看起来好像弄丢了身上的一部分，句点好像很开心，问号像是一条蛇，还有惊叹号很兴奋的样子，欢欢喜喜地从地板一路延伸到天花板。"

现在我们有了点进展。我们更深入了，开始去想苏西是谁？她想要什么？她为什么在我的故事里？她听起来如何？继续下去："她知道今天会让她变成大人，让她从活动范围限于家里的人，变成在世界上到处走动的人。她会学到东西，学到她目前还无法想象的东西。她会把学到的东西带回家。当妈妈在棕色椅子上晕倒，手里握着一瓶液体，液体的那种棕色和椅子还有妈妈洗头时头发的颜色一样时，她可以和爸爸分享自己学到的东西，也许这样他们就可以懂得足够多，就可以一起逃走……"啊，我们现在有了个新问题、冲突和动机。苏西有个欲望。我们也许越来越接近核心了。我们在这里流连越久就会发掘越多，也许我们会发现，苏西其实不是我们故事的主人公，也许我们最后必须完全删掉苏西的部分，没关系，她会带我们到我们需要去的地方。如果不流连、不守候、不晃荡，缺乏毅力，我们永远不会知道。

想快快走到写作核心是人之常情，但是要抵达那个地方必须靠纪律和毅力，我们就是得下足功夫，无可闪避，没有快捷方式，没有快行道，没有超值省力的方法可以抵达终点线。你可以编出很多游戏让自己的注意力从手头上的工作转开——相信我，这种事我做过不少——可是底线就是底线。作品一定要完成，而你一定要去做。没人写得出你要写的。没人看待世界的眼光跟你一模一样。没人有跟你同样的雄心壮志。去吧，尝试找个快捷方式。反正你还是必须先试试看，才会相信就是没快捷方式可走。

试着在三十天之内，每天花三小时，写出那本小说。效果几乎就跟想在三十天内甩掉三十磅赘肉（前提当然是没下功夫运动，也没减少食量）一样。让我再说一次：就是要下足功夫，躲不掉。你的责任就是要找出方法待在那份作品身边。不能用我的方法，也不能用你妈妈或你伴侣的方法，只能用专属于你自己的方法。你要在森林里自行开辟出一条生路，没有其他路可以支撑你。

你不会在某天醒来后说："啊哈！我已经达到深度写作了！"然后再回去睡大觉。你不会从"深度写作密集通讯课程"那里得到荣誉金星。你会渐渐注意到，自己的写作进行了有机的调整。

你今天投入写作时，可能还在处理同一批故事，或是面对同一批问题，可是你看问题的视角已经改变。因为你把写作当成练习，你知道今天浮现的东西，就限于今天。并不是宇宙发出讯号给你，要你永远停止写作，也不是你将赢得诺贝尔文学奖的征兆——它是什么就是什么。因为你知道自己永远不可能"结束"写作生活，所以永远不乏可以学习的东西，不乏可以拿来实验的方法，不乏可以从中成长的机会，你终于不再一心惦记着奖助金、奖项和出版。写作成了你人生的常数，为了维持跟写作之间的关系，你正走在写作者的道路上——时而迂回前进，时而往后退开，时而凭着信心，奋力一跃。

在我小说写作的系列课程里，第二学期集中在产出页数，我称它为"得州时期"。我在东部成长，那里的州都如手掌般大小。我们搬往西部时，对我稚嫩的心灵来说，整个新英格兰简直可以塞进新墨西哥里。显然是可以，而且没有东西比得上横越得克萨斯州的壮举（而且我们只跨过最北边的二十六个县呢！）。当我开始写规模更大、篇幅更长的作品时，我学会接受这个"中间"地带——用这个词似乎很贴切。在这个中间地带，启程的热忱已经衰退，却还遥遥看不到尽头，说真的，你对自己要处理的素材几乎一无所知（不过你很确定是垃圾）。

我学会接受它，就是借由想象开车穿越得克萨斯州的情景。得克萨斯州感觉就像黑洞，我们驶进它，却迟迟无法驶离。我们在阿马里洛市市郊曾路过一片满是倒放着凯迪拉克的废车坟场，这个景象一直纠缠着我。我当时还以为大家无法成功走出这里，以为他们困在这里，脱水过度之后化为石头。这里的水分极少，所以他们不会腐烂，只是会变成纸张，然后随风飘逝。任何曾经坚持到底、走完小说写作全程的人都认得出"得州时期"，也许他们替它取了别的名称，但全都曾经到此一游，有战役留下的伤疤可资证明。继续移动，不要停下来变成秃鹰的食物。

凡是有开始的一切都有终点。如果你的车加满了油，也维护得不错，持续朝西边（或东边）、朝大海的方向奔驰；你进入得州，终会离开得州。让自己的身体充满活力，并保持活力。

吃、休息、游玩、做梦。可是写吧，一英里又一英里，一个字接一个字，以安妮·拉莫特（Anne Lamott）的知名说法"一只鸟接着一只鸟"，你会顺利走出去，而落基山脉之美即将让你为之屏息。

实作练习

1 你为了让写作"容易点"而试过什么诀窍？它们对哪些部分有用？哪些部分没用？

2 把你的"得州时期"画成地图。你现在在哪里？你需要做什么才能穿越过去？

3 你认得出自己作品的核心吗？用一个意象清楚地表达出来。如果还做不到，不要气馁，以后会做得到的。

4 你对自己的写作计划感到厌烦吗？如果是，先休息一周，再带着新的眼光回来。叙述你跟这个作品分开的经验。

5 探索"迷失"的概念。这个练习带出了什么内容？跟你的写作有什么关联？

6 你曾经走过哪些旅程？你曾经独自前往哪里找寻自我？写一写关于它们的事。

第三部　拥抱你的本貌与所处之地

不要试图成为任何东西。

不要把自己变成任何东西。

不要当个冥想者。

不要受到启蒙。

当你坐着，就坐。

当你行走，就走。

不要攫取任何东西。

不要抗拒任何东西。

——阿姜查（Ajahn Chah，泰国佛僧）

你刚刚完成自己的小说，从腹部深深吐出一口低沉悠长的气。你吐气，微笑，储存文档，环顾书房四周，然后……怎么？大家都上哪儿去了？况且，那本小说都在你身体里放了几十年，如果你不忙着写那本小说，那么你又是谁？完成与你共同生活多年的计划，常常令人觉得恍惚、怪异又空虚。在成就感的光芒消逝后，你只剩下自己、自己的呼吸，以及空间。情况很可能是，没人和你谈过这个空间，即使他们和你说了，也没告诉你要怎么与它共处。

最后这个部分就是要协助你辨认自己何时置身介于两个写

作计划的此地，又该如何拥抱它并从中学习。亲眼看着计划从开始到结束的所有写作者都会发现这个地方，虽然它在每个写作者的眼里看起来不尽相同。本章节会告诉你，借由维持静定，将完成的写作计划彻底从身体清除，然后等待，以便找出可以用在写作上以及用在身为写作者的你身上的赠礼。写作者必须跟旧作品拉开距离，才有空间让新作品进来。我们必须完全释放自己之前一直在进行的故事，才能让新故事充满我们，否则没有空间。

　　不少写作者在一项写作计划完成后，会有好一阵子陷入沮丧或悲痛。他们可能想念自己笔下的角色，可能担心自己再也想不出新点子。上一本小说已经在背后的架子上，眼前还看不到下一本小说的影子，要在这种情况下苦苦撑住是需要勇气的，也需要耐心、平衡、慈悲、屈服，以及静定。

　　这个“中间旅程”并非毫无作为的懒散时光，虽然表面上看来可能是这样。你什么都没写，不确定自己想要琢磨什么内容，你感觉不到灵感。可是这里并非“空无”之地，而是通往你下个构想的桥梁开端。

　　这个部分会带领你通过这个放手的过程。它会帮你向自己的计划道别，为下一个计划清出地方。它会协助你呼吸，不受之前书写内容的阻碍，也不受即将要下笔的内容的阻碍。

　　现在闭上双眼，一跃而下。

身体小憩

这个练习放手的呼吸活动相当有趣，有时被称作"狮子呼吸"法（lion breathing）。打开双脚，以稍微超过肩膀的宽度站好。微微弯曲膝盖，双手贴在大腿上。吸气并尽可能紧紧皱起自己的脸。闭上双眼，抿紧嘴唇，如果觉得很蠢也不要紧。尽可能绷紧全身，数到三，然后随着吼声释放开来，大大张开嘴巴，舌头往前吐得越远越好。

目的与效果——

它会释放脸部张力，刺激淋巴的自由流动，打开沟通的中心（喉轮），促进甲状腺和副甲状腺运作得更顺畅。这个动作也能让你笑——笑本身就是很好的释放！

22 无常

> 逐渐迈向死亡的生命存在于当下此刻，而且
> 满怀感激。
>
> ——禅的智慧

凡是有开始的，都有终点，这个规则毫无例外——这是我所能给你的指导里唯一找不到例外状况的。我记得很小的时候第一次意识到一切都会死，那时怎么都无法理解自己会有死去的时候，我当时暗想，好悲伤啊，世界上所有的东西都会死。"除了我之外。"我轻声补充。不用说也知道，我会活得比一切都久。我不知道其他人在成长期间的某些阶段，是不是也有同样的感受。现在的我依然跟那个说着"除了我之外"的细小声音搏斗着。我依然相信自己内心深处有个部分很确定自己逃得过死劫。可是我并不会，你也不会。

好好面对无常，可以深化你的写作实践。让我替你把它归为两大类：第一是你自己躯体和生命的无常，第二是你写作的无常。"可是等等！"我可以听到你尖声叫道，"写作是永远的啊！"稍微忍耐一下，我会说明我的意思。

首先，你一定要看看自己的无常。身为写作者，你时时会被拉进灵魂的那些部分，那些其他人急于闪避的部分，你会往

自己阴影之地的隐秘处深深挖掘。这是我第一个想要戳穿的神话：不管你细小的声音说了什么，你的时间都是有限的。你不知道它多么有限，因此假设自己会健健康康活到耄耋之年的想法很危险，你就是不知道。有了这样的认知之后，你会发现此时度过的时刻不仅珍贵而且稍纵即逝。

我在三十岁时重回学校攻读艺术研究生。在学生初次见面会上有个将近六十岁的先生，他非常兴奋能参与这个课程，打算把时间都投注在写作上。他这辈子一直在等这个时候：他在银行里终于存够了钱，可以从工作上抽出时间，孩子也各自站稳了人生的脚步，现在该是属于他自己的时间了。但是下一堂课他并未出席，再下一堂也没有。你可能早就料到，他在自己的房间里自然死亡。虽然我们并不认识他，可是他的死亡让我们这群学生大受震撼。我们都在理智上如此贴近地领悟到：死的原本可能是我。然后，那份领悟的真正核心是：总有一天会轮到我。

与死亡擦身而过时，自然会有一种急迫感油然而生，但我们不能把写作人生建立在恐惧之上。"噢我的天啊，我今天非写完这本小说不可，因为我可能明天就死了。"这种想法只会害你的血压飙高。而"我有大把大把的时间可用——明天再开始写就好"，则只会让你完全不开工。两者的平衡点在哪里？接受自己的无常吧。我不会假装如果发现自己明天就要死去，我不会讨价还价，千方百计想要留下来。但是我也知道我正逐步迈向死亡。就是现在。而且你也是——我们只是不知道确切的日子。对无常的静思冥想，会帮助你渐渐接受这一点。我个人有个钟爱的信条：

凡是有开始的，都有终点。

与这一点和平共处，事事都将美好顺遂。

每星期试着针对这一点冥想几次，看看内心有何变化。我们无法一天写上二十四个小时，但是我们可以开始从不同角度思考自己拥有的时间。时间是人类创造的概念，时间不受我们的欲望干扰，我们既无法跟它讨价还价，也无法逃离它。它对我们所有人来说都以同样的步调移动。变量在于我们对时间的认知。变量在于我们跟时间的关系，以及我们对时间的觉知。

我走访罗马时曾经参观过嘉布遣会地下墓穴，此墓穴位于十七世纪嘉布遣会圣母无玷始胎教堂下面，就在巴贝里尼广场附近。嘉布遣会修士以会内修士的骨骸打造出立体场景和雕塑。他们并未杀害这些修士，而是在修士过世时，将他的骨骸化为雕塑的一部分。关于他们这么做的起因众说纷纭，但最后的成果是相当惊人的地下景象，骨骸拼组成吊灯、椅子、床铺、时钟和其他骷髅人形。有人说，那些修士以此作为对无常的冥想。不管最初的理由是什么，每个人看到骨骸寺时，必定思及人必有一死。

我发现地下墓穴美得让人屏息。不是那种"噢，我希望自家墙上也挂上那种东西"的美，而是一种更深刻的美。对我而言，那些修士创造了一个空间，让我们得以在其中目睹人类躯体的珍贵脆弱。我们可以在其他人的骸骨里看到永远无法在自己身上看到的情景。我们在自己的躯体里走来走去，却不知道它们内部的模样。我们无法从一打骨头里挑出属于自己的股骨或锁骨。骸骨寺让我们明白，我们既脆弱又美丽，而且彼此的相似度远远超过我们的想象。

好了，现在来谈写作。在有些人的成长背景里，写作从来不是安全的事，因为你的父母或哥哥可能会读到，或是你写的文字反而会导致你被控有罪，因此我们有些人学会藏住自己的文字，以便自保或保护他人。文字拥有力量。一旦你在纸上写下东西，它就留在那里了啊——我不打算这样争辩，因为意义不大。但我希望你能在"detachment"（超然／抽离）的意义上，思考"无常"这个概念与你的作品有何关系。

我们先来定义用字。当我谈到"detachment"，意思不是说你不再在乎自己的作品，也不是说你在写这份作品时态度满不在乎。我指的并不是西方心理学意义上的疏离——无法形成健康的关系或是投入这个世界。在西方心理学里，"detachment"带有负面含义。同样的，"attachment"（执着／依附／眷恋等）这个字，根据上下文而有多重的意义。在西方心理学里，我们会谈到形成依附牵绊的重要性。在佛教，我们谈的是"执着"的危险。而我所指的 detachment 的概念，意在脱离不健康的依附。"detachment"的核心就是察觉所有事物的无常。

我明白要你去思考该怎么从你所创造的东西中抽离开来，可能颇具挑战性，而如果你都还没完成任何一项写作计划，这个提议看起来会更怪。可是，如果你希望有人读你的作品，不管是朋友、评论小组还是出版商，要是你事先学会养成健康的抽离态度，就会发现这个经历没那么痛苦。以下有三个想法可以协助你消化这个概念：

一，你不等于自己的工作。身为美国人，我们对自己的职业有很深的认同。跟人初识时，我们常问"你从事哪一行？"而他们的回答是"我是医生／老师／舞者"。这些描述只有部分真实。让我们更深入来看这些句子，厘清它们的核心是什么。医生会治疗，老师会教学，舞者会跳舞。可是医生等于他开具的药方吗？医生等于他做出的诊断或执行的手术吗？老师等于他的教学大纲或期末考试吗？舞者等于个别的编舞舞步吗？身为写作者，你等于纸页上的文字吗？

是的，你是个写作者。写作者会写作。也许你每天都写，在宁可做其他事情的时候，也写。你依然现身。是的，你是个写作者，可是你并不等于自己的小说或诗作，正如医生也不是他开具的青霉素处方。你越早学会释放自己的作品，就可以越早让自己融入作品的流动。你紧紧抓住它的时候，就会替自己制造阻碍。你担心成果。你试图勉强解决情节里的矛盾冲突，或者你可能会担心别人对你写下这则故事的看法——不要把能量花在那些思绪上。你内在有很多资源，不会耗尽可写的故事。这就是你要做的，对吧？你写作。所以，写，释放。写，释放。就像呼吸一样。

二，你无法控制自己工作的成果。我在这里用"成果"这个字眼，谈的并不是你是否能写出一本小说或一首诗，虽然你有时候会发现故事在对你发号施令。我谈的是出版、评论、产品植入、广告、库存出清、脱口秀预约、教科书收录，以及你写完之后作品可能会遭遇的各种状况。你可以积极参与推销作品的环节。你可以打电话，举行朗读会，尽可能自学关于出版的事务。签完出版合约之后，不要闲坐一旁只交由出版商打理一切，对出版业的详情要有所了解。提出聪明的问题，参与自己的成功。

可是请了解，即使这些事情都做完了，还是可能发现自己的书摆在库存出清台上。每年付梓的书籍数不胜数，更有不少书在做库存出清。有很多书售出，有很多书得到差评。你无法改变这一点。你能做的就是（跟着我说一遍）："写。继续写。"继续专注于你目前正在进行的事情。对你作品所涉及的商业性事务保持健康的参与，但是要等到你有产品要贩售的时候，再去担心商业活动。一等你有产品要贩卖，好好做功课。记住：顺其自然。如果你得仰仗好评才能有成功的感受，差评势必会给你带来挫败感，而这两者都不在你的控制之中。不管你做什么，这两者都会发生。写出书来，放手，再写下一本。

三，你无法控制别人如何理解你的作品，这正是抽离过程的核心。回想你修过的任何文学课程。如果班上有二十个学生，他们对《愤怒的葡萄》（*The Grape's of Wrath*）就可能有二十种不同的看法，而可能没有一个与作者斯坦贝克的诠释相同。在回忆录《命运的反面：写作人生的回忆》（*The opposite of Fate*）里，谭恩美提及读到克里夫学习指南（Cliff's Notes）谈论她小说《喜福会》的内容，不禁纳闷这本指南的作者群当初读的到底是哪本书。

替全世界诠释自己的作品，并非我们的职责，但那不表示我们就不用把作品尽可能写得清楚、简洁、精确又引人入胜。作品不该写得含糊不清，可是写作者所涉及的是写作者、写作与读者所构成的三脚架，身为写作者的我们只是一部分——一只脚。写作、作品是另外一只脚；加入读者之后，就完成了三位一体。一旦牵涉到读者，永恒跟无常的矛盾魔法就会浮现出来。是的，纸页上的那些文字依然相同，可是读者通过那些文字获得的想法和感受，就跟海洋里的鱼类一样五花八门。身为写作者的我们不只必须接受这一点，还必须把它当成艺术有机性质的一部分加以接纳。他人对你的作品有何反应，不在你的控制当中，他们要怎么诠释，要替它贴什么标签，或是要如何接受它，也都不是你能控制的。在写作生涯里早早接受这些事情，你会轻松一些。

想想你自己与某本书的经验。你有没有读过某本书，比方说在中学时，你曾认为那是世上最精彩的一本书，可是等你三十多岁拿来重读，却纳闷当初怎么会看走眼。书里的文字没有丝毫变动，跟你在初三时初次展读的时候没有两样——变数是你这个读者。事情本该如此。等你八十多岁再拿起这本书，看看自己有何想法。文本依旧，只是对文本的反应改变了，你没办法控制这一点。把焦点放在你所能做的事情上，此刻，今天，重点只在于动笔书写（而且这样也就足够了）。

所以，埋头写吧，其他都不是你能掌握的。

实作练习

1　针对不再属于你人生的事物／人／信念，写一首诗。

2　你笔下的主人公即将死去，他希望自己曾经说过或做过的一件
　　事是什么？如果这件事曾经发生，你故事的情节会有何不同？
　　"不做"这件事，又会如何影响情节？

3　写两份独白，其中一份以"昨天我弄丢……"开场，另一份以
　　"今天我发现……"开场。

23　演变

> 注意，最坚硬的树木最容易断裂，而竹子或
> 柳树则随风弯曲而存活下来。
>
> ——李小龙（中国香港电影演员）

你说我必须整个从头写起是什么意思？我花了五年时间才写完那部小说初稿！我都快受够了，受不了了。我有更美妙、更精彩、更迷人的构想可以写下一本了，我只想朝那个方向走去——离手上这个计划越远越好……很耳熟吧？

在我教学的经验里，想最快从全班同学脸上得到"死鱼眼"的茫然响应，莫过于谈起修订这回事。学生本来忙着发简讯，现在却抬起头来，纳闷自己惹上了什么麻烦。一张纸还不够吗？还要写一遍？不只是修改标点符号？我承认，我大学修代数的时候，根本不想把任何东西重做一遍。我想要答案，可是如果求不到答案也无所谓，反正我永远也用不到高等数学。所以，我知道很多学生经常处在这种境地里。可是，声称自己想写作、想成为作家的人，就不该回避修订这个想法。修订某个东西的价值在哪里？为什么第一回合做出来的东西"不够好"？当我们谈到修订故事或诗作时，到底是什么意思？

我们先来谈谈我们没有在谈的东西。你不只是检查并删除（或增加）标点符号而已，那是最后的编辑——而且没错，那是更大规模的修订阶段的一部分，但不是那种每个计划都必须经过的"噢我的天，我必须再写一遍"的大规模修订。把中学老师的红笔从你的脑海抽走，思索一下想象力。没错，想象力（看吧，这部分也有些月亮能量，有些右脑能量！）。

把"修订"（revision）这个字眼拆解开来，对你可能会有帮助。Re-visioning（重新想象）。你在以新鲜的眼光、天真的眼光，从谦卑与好奇之处，重新看待自己的作品。你的初稿给了你这个作品的片段——通往更深可能性的一扇门。现在你能够聚焦了。你能够找到笔下角色和作品的核心。你现在有了出发的跳板（你在初稿里写的任何东西都不是白费功夫的——绝对不是），你可以延展自己，往作品的更深处走，同时依然稳稳扎根在故事的骨架里。

你内在有几股彼此冲突的能量，修订阶段正适合琢磨这件事。你可以体验到延展——往前与往外、同时往后与往下伸展，把自己的双脚扎根在这个作品的过程与发展中。

注意，我并没有要你把双脚扎根在自己的初稿里。你必须越过那份初稿，如果你停留在初稿里，就会沉下去。写作者就是在这里卡关的，他们觉得必须与自己刚刚写出来的东西紧紧联系在一起！毕竟，花了那么多心血才写出那份东西的——要是没有了它，他们该怎么办？这种想法很正常，可是对你或你的作品没有好处。记得我说过，写作这件事是没有捷径的吧？我是说真的。你必须写出初期的那些草稿，才能找到作品的核心。早期的草稿会导向最终的草稿，你不可能一起步就是最后的定稿。写作者误以为自己不用把整个写作过程彻底走一遭，是一种傲慢、懒惰或自负的态度。写作者会修订。就这样。

对于创作一份作品的过程，你的想象越灵活，就会越容易放开对打草稿和修订的刻板定义。两方都有起伏波动的时候，而且没错，有时一方会跨界进入另一方。尽可能对这些起伏变动抱着开放的心胸，如同你看待笔下角色的突然离去与到来。将水释放出去的时候，水井又会填满。如果什么都不释放，就不会有东西进来。

修订是在给你机会重新思考、重新想象，最重要的是，重新梦想自己的作品。你现在写了一些片段，也许有些可以嵌进最后的拼图里，也许全都不可以，可是都发挥了作用，带你来到现在这个地方。要尊重它们，它们并不是无用的文字或是白费功夫。你可能会把这个修订过程看成冬季奥运会滑雪坡道，你滑过坡度缓、难度低的练习场，现在准备看看自己有什么真本事。

如果你发现自己其实还没有太多真本事，不要紧，那也是过程的一部分。有时你手上有足够的肉可以做三明治，有时你就是得出门购买。没关系。一份抛弃的草稿可能会在你心头缠绕多年，等你经历过写出那本小说之前所需要的体验，它最后就会成为你的第一本小说。有时，我们笔下的角色远远领先我们，让我们很不自在，我们必须花点时间才能追上他们的脚步，这就是为什么这是个我们必须屈服并且信任的过程。我们并非万事通——感谢老天，因为如果我们无所不知，就会有太多的构想和角色要探索与书写。

　　等你觉得有了份不错的初稿，就可以听听老师或写作小组的读后感。你想要避免在写作过程中太早听到读后感，因为这样在你的作品都还没有适应新环境之前，你的构想就会与他人的构想混杂在一起。一个故事的诞生是脆弱的，应该小心呵护。可是迟早你的宝宝都必须踏进这个世界，而且这个世界会对它任意妄为。要习惯这点。

　　你找到称职的读者，听了他们的感想之后，把作品重新读过一遍，决定哪些感想对你有用，哪些没用。不要想把十几个人给你的意见混合在一起，这样最后只会落得不知所云。称职的读者可以在大学、书店和当地写作团体里找到。一般来说，除非你的配偶或父母受过相关教育或是出版过作品，可以支持他们的论点，否则他们帮不了多少忙，因为他们爱你。你需要找的是客观的读者，他们熟悉创意写作的技艺，而且能够清楚表达自己想说的话；更重要的是，他们能够清楚表达他们为什么说那些话——优秀的读者价值连城。

　　你也必须成为好的读者，这样就能帮助其他写作者，并且学会以更客观的态度来读自己的作品。好读者的意思并非一个月读十本书，而是指他能够了解作者在技艺上做出哪些选择，确定它们有效与否以及原因何在。好读者很熟悉这个领域的专有名词、行话。他知道对话的形式，也知道什么是叙事的张力，还知道怎么在缺乏张力的地方制造张力。他了解角色转折与叙事转折之间的差别。他必须学习这些事情，你也是，因为你想成为好作家，而为了达到这个目标，你必须学习这些技艺。在书末列出来的参考书里，有不少能在这方面帮助你，不过，真正学习写作技艺的方法是锻炼自己的写作，并且阅读他人的作品。你不了解建筑业这一行的所有工具以前，是无法成为建筑师的。你也不会因为买了一把吉他，拨了几次弦，就成为音乐家。

知识就是力量，没有什么比修订这个阶段更能显露出知识的贫乏。我想不少写作者走到这里就吓坏了，因为他们不知道除了目前完成的东西，还能再做些什么。有时连自己到目前为止完成了什么，可能都不确定。这也很正常。大家都是从自己的起步开始。你之所以提笔写作，就是因为有书写的驱动力，然后你会发现要学习的事物远远超过原本的想象，可是你想和这些人一起浸淫在这个领域里，于是你认真学习。接着，你发现学无止境，但你还是留下来了。你早期的草稿融合成最后可供出版的终稿，最初的牢骚和混乱现在有了方向和自信。你一直与作品共处，这番毅力会有回报的。

所以，好的，好的，可是我现在要做什么？首先就是重读你的初稿，然后把它收起来。对，收起来。对着它吸一口气，停一会儿，然后放手。把它全都丢开，收进抽屉里或是藏在电脑文档里，总之就是要放在视线范围之外。我说到这里会听到有人倒吸一口气的声音。这点请信任我。紧抓住它不放，反而会堵塞下一个阶段。你所写下的东西都在你心里，你知道自己做了什么，也清楚笔下的角色是谁。你知道你特别喜欢或不喜欢哪些场景。你知道这份早期初稿有哪部分在继续呼唤你，并吸引着你。你知道这些事情——因为你是作者。

现在该是信任自己的时候了。如果你还没办法全心相信我要你做的事，只要假装信任自己就好。把它收起来，重新开始，重新观看，重新想象，重新梦想。从有能量拉力的地方开始；从一直悬在心上的角色问题开始；从有问题的意象或隐喻开始，或是从换个角色当主人公开始。只要从头开始，直到完成为止。然后再写一次。接着再一次。然后再一次。其中一份草稿会对你吼道：“嘿！我就是了！我就是了！”你会知道的。当你听到自己的内在声音这么说，那就是你该拿来编校的草稿。那就是你可以修正标点符号、重新分段，将情节元素调整到前后一致的草稿。

如果你不相信我也没关系，只要把这个方法试用在几则故事或几首诗上。我一次次亲眼看到这个方法对学生发挥效用，而他们大部分都跟我唱反调到底。我看过它对我自己的写作发挥作用。它之所以有用，是因为我们过去受到的训练是专注在“修复”（fixing）东西上（仿佛你的作品出故障了），因此，当我们看到一份到处是瑕疵的初期草稿时，我们的心智就会瞄准缺陷，因为心智所受的训练向来就是挑毛病。噢，那里！逗点连接句！噢，那里——你在第一段写Chuckie，在第七段却改写成Chucky。噢，缺了转折词！噢！噢！噢！眨眼间，一份作品仿佛布满七横八竖的红墨水，而这份作品根本不是要给语法检察官看的。这就像是带着你的新生宝宝去上量子物理学的博士课程，然后因为宝宝听不懂课堂讨论，甚至还不会握笔而对他大肆批评。

心智会看到眼前的东西，死命想要加以修复。它会用尽自已拥有的元素，也就是你第一次使用的单词、句子结构。它会与眼前的东西结合，从而阻断思路，而这一思路对跨出接下来的几步实在很有必要。你的左脑会变得十分兴奋，急着想拿出钢锯来大力整顿。还没，还没。你还是必须抱持接受、柔软并开放的态度。你依然必须保有倾听自己思绪之外事物的能力。

让我们把它带进身体里。想象你正试图贴着墙壁做"肩倒立"①。你把铺毯（也就是你的工具：笔记本、电脑、笔）放好，你知道结果会怎么样，因为你看到老师在教室前面倒着身体，若无其事继续讲课。你咬紧牙关（做动作时不建议这样），一步步跟着他给你的指示，顺着墙壁往上挪移（初稿、新手心态、一只鸟接一只鸟）。你看到周围每个人都把身体往上移，仿佛他们生下来（跟写作班的其他学生较量，有谁出版过书）就是这个姿势，然后你扑通就跌下来了。

你希望老师把其他顺利做出肩倒立的学生集合起来，把你当成无药可救的案例，这样你就可以平静地等到下一个姿势（让最好的学生得到团体修订作品的机会，受到称赞，拿来当全班的模范，这样你就可以加强你对自我的看法；最重要的是，尽快让你摆脱这种不自在的状态）。可是你运气不错（你当时可能不会用这个词），你有个尽责的好老师，他走过来说他可以帮你沿墙往上伸展。你在此面对了重大抉择。你大可以说"不了"，因为哎呀，你就是不想攀上墙（谁需要经纪人和出书合约）！或者你可以现在就看清楚，你就是无法独力攀墙往上，

---

① 瑜伽动作。

而且他真的可以助你一臂之力；如果他继续帮你，你的身体总有一天就可能独力攀上墙。他看出了你还没看到的——这正是老师的能耐。而且，如果你继续在有缺陷的基础上（初期草稿）试着把身体推成肩倒立的姿势，你永远也上不去，因为你尚未扎根在真正的东西上。你一打好基础，就会绽开盛放。

就因为你可以拿起笔或打字，不代表你第一次就可以写出完美的小说。你永远是写作艺术和技艺的学生，你永远处于向他人学习的立场。抱持着开放的心态持续学习，诚实面对自己当前的限制但不加以评判，不怕在别人面前出丑，这样的写作者就能坚持到最后。

任何创意写作课程里，我最喜欢的部分之一，就是到了学期末，我会请学生写一篇谈修订过程的文章。我因此能够读到他们在照我的要求去修订时的挣扎，还有他们后来发现修订过程中的喜悦，即使他们当初压低嗓门（或公开）咒骂我。当笔下其中一个角色"占了上风"，故事往学生从未预料的地方发展时，我会看见学生稚气般的欢喜——这就是陪伴学生参与这个写作过程的赠礼。一旦你自己做过几次，就会发现自己撑得过去，也许甚至会发现自己在过程中日渐茁壮。

写作者会修订。你是写作者。睁开双眼，以新的眼光观看。要愿意让自己大吃一惊。要愿意同时朝着两个方向延展。你并不会因此肢解，而是恍如闯入雨林，迎面即是出人意料、灿烂繁盛的生命。

身体小憩

以山式的姿势（详见第二章）站立，把注意力集中于双脚，感觉双脚的四个点都压进大地，缓缓将双臂高举过头顶，指尖朝向天空。当你的手臂往天空伸展时，持续感觉你往下压向大地的双脚。

目的与效果——

这个姿势会给你机会，观察自己身体内在的伸展与扎根。

实作练习

1 写一篇描述过程的文章，关于你近来修订过的作品。你经过哪些步骤？你面对过哪些抗拒？你体验到什么喜悦？完稿和稍早的草稿之间有何不同？

2 检视你目前正在进行的作品，用不同的观点重写一次。改变背景的设定，看看会发生什么事。甚至把动词时态从过去时改成现在时，或是从现在时改为过去时，都会深深影响到故事的面貌。重新想象，试验看看，把它当成一场舞蹈。

3 把你故事里依然让你兴奋的元素列张表，然后把故事里不再让你兴奋的元素也列张表。暂时不要做任何更动，只要仔细观察就好。

4 检视从你起步以来，写作过程或是特定计划有了什么演变？你早期对它抱有什么信念？现在的想法有何不同？有什么想法一直以来从未改变过？

24　屈服

> 在所有探索的尽头，我们将回到起点，然后
> 第一次认识那个地方。
>
> ——T. S. 艾略特（T. S. Eliot，美裔英籍诗人
> 与文学批评家）

我有个发展十分完全的自我，就弗洛伊德的意义，以及虚
荣的意义来说都是。我有健康的边界。我知道我不是我的母亲、
我的伴侣、我的工作，但我也知道自我的外在排场，以及它为
了满足自己需求会突显的状况。我也知道它渴望保持现状，还
有它为了自己的生命，反抗"屈服"这个概念。不过，如果我
们想走进真正的写作，就会发现自己必须与"屈服"面对面。
警告：别以为自己能气定神闲地接受。

我们先来检视基本框架，定义一些用词。我说的屈服，并
非向"更高力量"屈服，也不是放弃个人的力量并交予他人。
我说的只是交出你的自我感，把自己交给"anatta"——也就是
"无我"或是"非我"。我谈的是解构自我（ego）、假我（false
self），而自我将会一路与你对抗到底。开门见山直说好了，索
性让它赢还比较轻松。

可是你都跋涉了这么远的路，对你身为真正写作者，以及

身为真正人类的发展来说，"屈服"这个概念无比重要。我请你至少继续把这章读下去，即使你的反应跟我以前一样——绝不妥协，放声尖叫："不，我永远不会屈服！"

写作过程里为什么需要"屈服"这个部分？"屈服"就定义来说，不就表示我们必须向什么东西让步吗？不就必须向别的东西表示服从？不。你需要做的是一件件剥除"假我"的外在装饰。这种事情没有速成法。在世界各地的神话里，有不少故事都在讲这种"剥除"过程。在苏美尔神话中，伊南娜降入冥界，沿途每踏出一步就除去身上有价值的物品，最后赤条条地准备重生。基督通过肉体的苦难剥除了自我。佛陀在菩提树下毫不留情地面对自己，最后发现了"无我"。我们用这些故事多方实验，但大多时候都紧抓着它们的救赎面。我们其实并不想要解构自我，因为我们相信这样会让自己冒太多险。

深度写作对我来说是个通往自我解构的直接途径，在深度写作里，我们踏上写作人生时，面对的是相当容易预测的挑战。首先，作为新手作家，我们在相当稳定的自我中心空间里，来到了纸页面前。我这么说的意思是，你认为有个"你"正在写作，认为这个你（既然由你发号施令）可以控制自己的写作，而且真的应该控制自己的写作，非常感谢。你认为写作是个有待完成的任务，是张待办事项列表。可是深度写作旨在与肉眼看不见、不可捉摸的力量沟通，它企图通过人类能够理解的故事、角色和意象，来沟通这些肉眼看不见的事情。这些肉眼看不见的事情并非隐藏在地球的遥远地带，而在你身体内部的深处，你越往内在走，你的作品就会越深刻。当你往内跋涉，就会找到意料之外的东西，如果你全权掌管你自己，怎么可能会有这种事？你对自己储存在地下室的东西不是至少会有点概念吗？你对自己发掘得越多，就会学会释放更多的自己，然后，你便在那个空无的空间里写作。

我常常发现引文、书籍和电影在对我说话，虽然当时我不知道原因何在。我有一堆堆的藏书连读也没读过，但必须读的书总是在手边。几年前，我无意中碰到这句珠玑之语，可惜查不到出处。

为了写出我们命定要写的东西，我们必须消失。

我很爱这句引文。我当时不懂，但是很爱。我把它印出来，贴在计算机上方的墙面。我当时完全不懂它的意思，只知道它在说某件很重要的事情。我把这句引文贴在其中一门网授创意写作课程里。我在不同的时段把它当成日志的提示语。我从学生那里得到的回应让我着迷不已，我注意到学生对这个概念表现出来的深深抗拒。我发现，只要有人对某项练习或某个想法产生抗拒，尤其是一群人对此抗拒，那里肯定藏着好东西！

我每天看着那句引文，几年之后，我认为我想通了。我想它的意思是，我们必须跳出自我（我们是这样做的，没错）。可是真正触动我的是"消失"这个词。谁想要消失？如果我们消失了，正在写作的又是谁？然后，我又是谁？我还在这里吗？哎呀！你可以看到，单是一句引文就可以引发这样的问题循环。

冷酷无情的真相就在这里。活在生活表面的人、在假象里浮游的人，就会写出那个层次的书和诗，他们写出来的东西，也只能跟那个层次的人沟通。我希望他们可以接触到会这样低语的老师："还没到，再走深一点。"经验丰富的老师可以一眼看出只触及表面的故事——这些故事安全，容易预测，对作者或对读者来说都没有什么风险。新手作家常常意识不到自己写了个表面故事，那也不要紧。练习越多，就越能看出来——"噢，对，我在这里有所保留。""噢，我那里必须再深入点，还没触及故事的核心。"教导我们这点的是写作。把我们拉得更深入的是写作。你学会信任写作的时候，就会学习怎么放开自己对成果的执着。你会学习消失，真的进入空无。

我们再回头谈自我。自我也叫作假我，非常强大。它一心求生存，想让你继续在妄想里写作。它要你写出安全甜美的故事，要你留在之前探索过的领地，要你继续循规蹈矩。可是写作想要别的。写作想要释放你，想要剥除你，就像伊南娜，直到你露出本质；然后它想要抹除你。

我知道这番话听起来有多恐怖，也知道它听起来有多荒唐。说到底，我还没有回答稍早的那个问题：如果你消失了，那正在写作的又是谁？我谈的不是杀死你的肉身躯体。那跟这个过程风马牛不相及。对你来说，肉身躯体是个赠礼，容纳了一切令人惊奇、未曾探索的领地。它是个载体，你可以通过它来表达这些事情，最终就能帮助其他人认清自己的道路。

为了写出我们命定要写的东西，我们必须消失。

在瑜伽的肢体练习里，我们会好整以暇地深深沉入不自在的姿势里，我们会停留得足够久，以观察有什么令自己分心的事物浮现，发出更大的声音，变得更持久。不过，我们依然停留在其中。我们将那些分神事物一个一个释放开来，原本看似不可能达成的姿势，最后做起来变得全不费功夫。

如果你让自己剥除了外在装饰，最后会剩下什么？这就是最纯粹的屈服。并非屈服于更崇高的力量，并非屈服于别人的信仰体系，并非放弃你个人的力量，而是你的自我屈服。这个方程式里没有其他人，只有你，还有"不是"你。呼地一吹，你就像一蓬烟似的消失不见，但并未死去；你是清醒的，正在呼吸，以健康的方式保持抽离。你已经消失。

现在，那个世界在你眼中是什么模样？在那个无边无界的空间里有什么故事、构想、诗作浮现出来？如果你（你所认为的自己）不在那里，那么因那个"你"所受到的限制和感到的恐惧也不在那里。"自我"试图把你的写作"变成"它不是的面貌，逼它"做"它做不来的事情，逼它"说"它说不出口的话。你的写作一旦摆脱了自我的束缚，就会变得轻盈、自由而深刻。

回想这样的时刻吧：当你重读自己前一天写下的东西并且自问："这是从哪里来的？我不记得自己写了这个。"那么，微笑吧，抬帽致意。你曾经消失在空无里，然后带回了钻石。

实作练习

1　"为了写出我们命定要写的东西，我们必须消失。"花一点时间
　　针对这句引文写一篇日志，看看你想到什么。让自己尽量往这

些文字的深处走。这句引文里有什么让你害怕？什么令你着迷？什么挑起了问题？你最抗拒的是什么？

2 以"我心中最大的纠结是……"为开场白，写一段话。

3 你人生中习以为常的受苦模式是什么？如果你把它们丢到一边，会发生什么事？这些模式对你有什么用处？如何引起你的不自在？

4 想想你人生中再也不需要的一个物品。这个物品对你来说应该具有情感价值。写下你当初得到这个物品的故事。然后拿出那个物品，以你从未看过它的眼光来看它，注意它的大小、形状、颜色和质感。看看它是怎么做成的，以前有什么功能，现在有什么功能，还有过去对你有何意义。

自然地呼吸，以全副心神触摸这个物品，心怀感激、尊重和体谅。用你的双眼碰触它；用你的脸颊碰触它；完全闭上双眼，凭直觉以手指碰触它，感觉它对你有何意义。等你觉得准备好了，就放开那个物品，把它丢到一边或埋藏起来。在你放手之后，想到什么就写下来。

25　整合

> 放软你柔韧的身躯，静默你沉静的心灵，解冻你火热的心。
>
> ——塞莱斯特·韦斯特（Celeste West，美国图书馆员兼作家）

也许到了现在，你开始看出你选择执行的每一项任务里，隐藏了多少空间和地方。事物的表层是我们最容易辨认的东西，就像俗话所说的"只是冰山一角"。比方说，你上了一门课，学习怎么写出活灵活现的对话。你多加练习，变得相当擅长。然后你修了专攻语法的课，再下来是塑造角色的课，然后是行间韵的课。最后你手上会有不少习作——虽然相当宝贵，但毕竟还是习作。我们开始投入一项新事物时常常专注于搜罗技巧，学会怎么站好，学会怎么调整脚尖的角度，学会怎么呼吸。可是然后呢？

回想当初学开车的时候，还记得你当时认为应该同时注意多少事情吗？转动钥匙，查看后方，脚留在刹车踏板上，打到倒车挡，别忘了继续查看后面（噢，是的，同时还要看着前面——花了一阵子时间才弄懂镜子怎么用！）。现在，你已经不用把开车的技巧分解成个别动作了。你上车，转动钥匙，然后出发，你已经整合到一气呵成的地步。

　　写作也会这样。最初开始钻研自己的技艺时，面对目不暇接的可能性，也许会觉得难以招架（第三人称观点真的有四十种变化型吗?）。你可能觉得自己永远也无法彻底精通，所以最好还是转头去看电视。我要给你的第一个好消息就是，你不仅没有必要精通全部，也不会有全部精通的那一天，所以不用担心。

　　身为艺术家，我们永远在成长和学习。对于这项艺术所能学习的一切，我们永远也达不到所谓的顶峰。我们学到的每个片段，都伴随着它自己的难题和疑问。也许你永远不会知道有"导向更多细节的对白"（modulated dialogue）这种东西，也许你总是根据声音来写对话。那很棒。可是如果你了解更多对话的微妙之处，修订自己的作品时，就能做出更明智的选择。你手上握有的工具越多，作品结构就可以整合得更好。

　　如此一来，在打草稿的阶段，你就不会抽出课堂上的旧笔记，然后思索运用副词有什么风险，或是较短的段落结构有什么好处。相反，你会走出自我，来到目击意识（witness consciousness）领域，就是你倾吐故事的那个不带批判的中立空间。然后，在修订阶段，你再去看课堂笔记、教科书、工具箱（斯蒂芬·金这么称呼），有意识地选择自己所需的，以符合作品的意图。

　　这个过程涉及你脑袋里两个明确的区域。你的右脑开始流动、跳跃、发狂，然后，你的左脑会参与进来恢复秩序，这样其他人就能跟你一起分享那种流动。这两股力量常常互相碰撞，必须找到共存的方法。事实上，即使它们继续履行各自的职能，也需要找到一种互相滋养的方法。

如果我们的目标在于统一，如果这两个部分都是我们自己的一部分，那么我们要如何让它们彼此更加和谐？我们要怎么整合左和右、阳刚和阴柔、太阳和月亮？首先，我们要尊重双方的特质，要认可两者对美丽的整体各有贡献；我们要明白，如果缺了其中一方，就会失去平衡。黎明与薄暮时分的天空是多么美丽啊，可以同时看到一缕阳光与一抹月影，那种两者并存的风景几乎是一种超自然景观——太阳往下沉入西方，月亮在东方升起。左脑太阳，右脑月亮。

接下来，确认并接受自己的强项和弱点。不要说"噢，我知道我真的应该更加强细节（左脑）"。你如果天生就不是如此，也不要紧。接受关于自己的真相，然后开始以"另一面"（让你不大自在的那一面）的特征和活力进行试验。时刻记住，其实没有另一面；你永远都是一体的。

不过，更深的整合不只是在打草稿和修订之间寻求和谐，更深的整合是有力地屈服于你已经参与其中的那个过程。是时候该呼出你之前搜集的东西，将成品释放出来了。你会发现你作品的优点——你的灵感和呼吸——无意识地聚集在一起。

比方说，每次只要你进入一个瑜伽姿势，你的身体就会因此受益。你不见得会在那年、那天或那个时刻认识到这些益处，可是微妙的变化总在不停发生着。每次只要你完成一个计划，就会有整合的时间，你重新充电，准备面对下一次的历险，或是下一次的吸气。因为这种状况常常给人"无所事事"的感觉，我们往往直接就穿过它了。可是，这对写作过程来说是个关键，因为它为你尚未认出的事物提供了时间和空间，让那些事物在其中茁壮成长。

有个阶段紧接在写作本身的"做"（doing）之后，我想把整合放在这个阶段来谈。

你之前的运气一直不错，不间断地写出一张张稿纸，多过自己原来的想象。就初稿来说，质量还不赖。你的句子和角色让自己都感到吃惊。你通过"做"而有了诸多学习。你最好在这里停下来——我指的不是停下来喘口气，我指的是完全停下来。在你跳到待办清单的下一个事项以前，在你移向下一章以前，停下来吧，让你在这个写作阶段里所累积的能量传遍全身。

全神贯注于这股能量流窜全身的感觉。现身与这种感觉共处，然后把注意力集中在第三只眼上，那个部位介于两眼之间的上方，是一个统一与整合的地方。你尚未结束，还不到休息的时候，还没进入静定状态。专注在第三只眼上，有助于弥合你内在的对立能量，它会让你的过程变得和谐。维持专注、觉知以及清醒。呼吸——这就跟你刚刚完成的"做"一样重要——让你之前完成的东西沉淀下来，在你的内在自行找到位置。

你刚刚写出了优秀扎实的作品，放开它就是对它表示尊重。它现在是你的了，你不会失去它。也许你现在开始明白，它一直属于你。

实作练习

1　就你所见，太阳的特征有哪些? 月亮呢? 这些特征可能如何以及在哪儿互相重叠? 这两种特质又怎么相辅相成?

2　你可以用哪些具体的方式，将写作整合到你的生活里? 不要去考虑长达六个星期的假期该怎么利用，而是要思考在每天生活中与写作的连接。

3　美国桂冠诗人罗伯特·品斯基（Robert Pinsky）说过:"诗是身体的艺术: 它的媒介不是文字、生活或意象，也不是思绪、念头或'创意'，而是呼吸——在喉咙和嘴里被赋予了意义。"针对这段引文，自由书写十五分钟。

26 孤独

> 寂寞是自我的贫乏，孤独是自我的丰富。
>
> ——梅·萨藤（May Sarton，美国诗人）

　　人类是社会性的动物。我们喜欢群居，喜欢跟人建立关系，跟其他人类有肢体接触时会有所成长。到了本书的这个点上，你已有充分的机会见识并体验到写作过程的矛盾，它是各种对立面的拉锯——一场欲望与屈服之舞。

　　在前面的章节里，我谈过建立关系的必要——跟你的写作、跟你周遭的世界建立关系。本章要探讨的是孤独，是那个矛盾的另一部分。你不能选择"不要孤独"，同时期望能大量写作。一群人共同写一本小说是不可行的，即使是两人合著的书籍，也不是四只手同时在键盘上敲出来的。

　　不过，不要用孤独的刻板定义来自我设限。就算你是个育有三子的单亲妈妈，也不代表你必须向空中高举双手，高声抱怨自己永远没有独处机会。还有，孤独的意思不见得是指你必须独自一人，也不是要求你远离任何人类六百英里，独自登上云雾罩顶的高山。你也不用在树林里另觅一间僻静小屋，但你确实必须为孤独创造一个空间。如果你学会在自己现有的生活方式中培养这个空间，对你会更有帮助，而不是巴望有个愉快的时刻，将所有令你分心的事物都排除干净，银行里储蓄充足，你再也不用束手束脚。

用不带评判的眼光，如实地检视自己的生活方式。能不能花十五分钟的时间到露台上坐坐？到盥洗室里坐着也有用。这会给你一个空间，让你听见自己的心声。它会有点混乱，搞不好还有点嘈杂（甚至可能布满灰尘!），但这也不要紧——你是在制造空间。如果你独居或膝下无子，要找出那个空间可能较为容易，可是自会出现另一组不同的挑战。光谱两端的青草并不会更绿，都只是草而已。

当你终于把周末空出来给自己写作时可能发生什么状况，或许你也体验过。或许周遭突然变得太过安静，或是太嘈杂。也许你会发现自己一开始不知所措，于是打了几通电话，出门散个步，或是打开电视。也许那是你大约十年来第一次周末孩子们不在身边，周六你只顾着埋头大睡。然后，那个纠缠不去的声音开始了。你什么时候要写？看吧，你给自己这段珍贵的独处时间，却还是一事无成，你永远都成不了作家。于是，你的伟大计划失败了，你的感觉比之前还要糟。

这种情况并不罕见。我们必须跟独处发展出关系，就像我们跟他人以及自己的写作建立起关系一样。要不然，独处会隐隐发痒，感觉就像别人的肌肤，太过紧绷。跟独处短暂但经常性的相处，会让你在进入那个独处的周末时，有如披上最舒适的睡袍那样自在。可是如果你们不认识对方，就要花点时间才能让皮肤服帖。这样的投资是值得的。如果你把独处像斗篷一样穿上，你在写作时间里就不会感到不自在。你可以在人头攒动的咖啡馆里体会到孤独，也可以在地铁里或在厨房餐桌上获得孤独。练习第十五章所提供的感官撤退技巧，把令人分心的事物一个接一个地关掉。

顺带一提，分心的事物无所不在。有时候在最宁静的地方，反倒会出现最强大的分心事物。你总是可以找到令你分心的事物，真正的分心事物并非在你之外（像是狂吠的狗儿或叽叽作响的喇叭），而是以思绪的形态存在于你的内在。

我体验过的另一种稍微有些不同的孤独，则是在写作计划（诗集、小说、文集）进入尾声的时候。你可能跟这些角色和主题共度了几年时光，你的角色成了你生活的一部分，你对他们远比对你生活中的大部分人（如果不是其他每个人）更为熟悉。然后，当故事线的最后一段结束时，他们就会离去。

我写完《放下我的忧伤》时，还没有准备好接受那样的离去。不知为何，我以为只有等我准备好让角色离开时，他们才会离去。事后回想，我完全不知道自己当时为何会那么想。我殷切呼唤的时候他们不来，所以当他们离开时，我哪有置喙的余地？在此我有两个建议。

首先，不要试图抓住他们。将他们完全呼出来，有如呼吸。他们必须离开，因为如果有角色在你耳畔低语，你是无法修订和处理架构问题的；而且你也需要腾出空间给下一本书或下一个计划。学生们常常担心如果他们把小说写完了，就不会有其他东西可以写了，于是故意拖拖拉拉不写完，结果这么一来，反倒让新的东西绝对进不来。放手，这样你才能重新填满。观察自己在计划接近尾声时，会有什么反应。

其次，用某种带仪式感的方式来标记结束。对我来说，一盏蜡烛、一炷印度线香、一杯酒、一点安静时刻……都是标记"结束"（passing）的好方法，你也可以形成对你和你特殊的计划别具意义的仪式，包括对这次的写作体验和关系表达感激。把笔放下，吐气，暂停，吸气。感觉你身体的完整性，靠着呼吸往上支撑。

小说写作过程虽然对每个写作者来说都是独一无二的，但在某种程度上，都涉及一个精巧细致的"虚构"（make-believe）世界。如果我们紧紧跟着故事，对于进出那个世界的技巧（完成作品的必备技巧）就会越来越熟练。有些写作者相信，他们创造了那个世界以及居住于内的角色；有些写作者相信，他们自己是角色吐露真言的管道。这些写作者在写作的路途上，会对梦境、共时性① 和直觉有所回应。

我不知道谁说的才对，可是我知道自己属于哪种类型的写作者。我一坐下来，想着自己知道故事要往哪里发展，角色就会停止跟我说话。他们会回到当初来的地方，留下我独自指导没有人演出的角色。我写过的每一篇小说都是因为巧合和直觉而水到渠成的。在原本无意造访的小镇的二手商店里，找到了适合主人公的完美物品，从而完成人物的转变。做了一场梦，梦境明白地告诉我故事接下来该往哪个方向发展。巧遇老友，对方凑巧转述的一则故事，让我能把情节的漏洞填补起来。

其他人可能会说这只是单纯的观察。对于自己的脑袋有什么

---

① synchronicity 是瑞士心理学家荣格于 20 世纪 20 年代所提出的理论，指的是"有意义的巧合"，用来说明因果律无法解释的现象。

能耐，我们一知半解。我同意。但我天生就不是偏线性思维或逻辑思维的人，我不会声称自己知道神是谁或是什么，但我知道每个生命体都拥有某个额外的部分；我知道我们要大于我们部分的总和。

约翰·加德纳那个进入"虚构之梦"的概念也适用于读者。他知道读者需要有难以抗拒的力量把他们拉进故事里，要不然就不会有读者了，而他相信创造那个世界是作家的职责。我相信作家也必须进入那个虚构之梦，并非为了达到个人目的而任意摆布它，而是要停下脚步，流连半晌，观察并记录那里发生的事情。屈服于这个虚构之梦时，有个奇特的地方就是，它会变得跟去买杂货、支付账单、清理马桶一样真实（如果不是更真实的话）。我们不只要了解那场梦特殊的神话学意义，而是要成为它的一部分。我们要与那场梦里的居民建立深刻的关系。我们向他们学习。我们倾听并记录他们所说的话时，同时也在处理自己的哀伤。我们放开那些自己都不知道自己正背负着的事物。我们会发现，到了写作过程的末尾，我们已经与开始这趟旅程时的自己有所不同。

玛丽·拉芙（Marrie Laveau）系列小说的作者朱厄尔·帕克·罗德斯（Jewell Parker Rhodes）说过，写完一部小说的时候，我们应该会有所改变。我最初正式以小说家身份开始写作时，我以为她的意思是：我会变得更老，也许更瘦——我不知道原来那是深入细胞似的根本转变，对于小说写作者来说，我们的故事就是我们终身的同伴。他们拉着我们（而不是我们拉他们）进入我们人生的下个段落。作家瓶颈并非因为无话可说，而是因为害怕随着角色踏出下一步，因而创造出一个困住自己的凝结过渡地带，让我们得到一个欣喜的机会可以空谈写作而不用实际动笔书写。不少写作者都在这些诱人的礁石上撞毁船只。

可是这并非瓶颈，而是不愿意屈服于故事。

我们对着虚构之梦更深沉地吐息时，抗拒会和缓下来，我们会发现自己进入对角色深度屈服的地方——关系就是在这里开始建立的。就像我们小时候的隐形玩伴，写作者也有与肉眼不见的事物持续沟通的天赋。就重量与宽度而言，一本小说是个令人生畏的伙伴，它会渗透到我们生活的每个层面：我们出远门前会找它商量；我们应该关心学生、孩子或前方车子车速时，满脑子都在想着角色。他们总是如影随形，虽然小说至多是一年时间的全心投入——也可能更久些，但我们会发现自己跟角色维持关系的时间，远比与现实世界的某些朋友还要久。而当一切显得萧瑟荒凉，角色会用双臂拥抱我们，庇护我们。

可是，把我稳稳归在"我们是容器"这个阵营里的，是这种关系的另一个部分：结尾。虽然我当时不这么认为，但我开始对自己早年经历过的失落心存感激。我学到悲痛总有另一面，而且我也学到，随着每次结束，新开始会随之到来，虽然当你深陷哀伤时这话听来就像陈腔滥调。然而，即使知道这点，我完成第一部小说时，发生的事情依然让我措手不及。

我不知道自己当初预料会怎样，也许耳畔会响起"哈利路亚赞美主的大合唱"，或是接到比尔·克林顿的来电，但无论如何都没有料到会有那般的寂静——房里有如骨骸般的死寂。我知道如果我开口，如果我想得出要说什么，只会听到自己的声音在书桌四周的书架上回荡。我觉得自己孤零零的，即使我父亲过世，或是恋人拂袖离去，或是我们举家迁离童年居住的家时，我都不曾有过这样的孤独感。角色通过梦境、剪报、珠宝饰品，谜一样地来到我身边，又谜一样地离去。他们就是离开了。如果事情原本就由我控制，我不会让这件事发生。不要在这个时候啊，不要这么快！谁知道我还有哪方面会需要他们？可是我的主张并不是他们的主张，我最后只是意识到，我跟他们相处过一段时间，而那段时间现在已经结束。我对这件事束手无策。

而且我毫无准备。

我早该……怎样？开心？松口气？悲伤？我想我可以用那些词里的任何一个来填空，可是我必须面对的是：空虚。

我觉得空虚。

头一次发生的时候，我还不知道原因何在。我跟朋友出门庆祝，最后两人却吵得不可开交。我没办法社交。我觉得自己好赤裸，仿佛皮肤被往后剥开，只留下微微颤动的血管和肌腱。我离开朋友身边，沿街走到养马的地方。我摸摸丝绒般的马鼻，闻闻粪肥的气味，我好想变成那匹马。吃、喝、奔跑、睡觉。我觉得那样的生活我才应付得来。

第二周，一切放大又模糊。我做起决定来很迟缓，没办法跟人沟通。我开车到沙漠里，攀上岩石，连续呆坐五个钟头，我顶多只能这样。我从没想到自己当时陷入了悲痛。"他们离开的时候，你会觉得很难熬，"我以前的一位老师说过，"就像失去了自己的一部分。"我的床单睡起来很刺痒，收音机太大声，餐点食之无味。我不记得自己为何要走进某个房间。

悲痛。

你可以对别人说，你因为角色离开了而悲痛欲绝吗？你可以跟别人说，你事先完全不知道角色会径自离去？说你以为角色属于你，以为可以按照自己的时间表再打发他们离开？以后还会有其他角色吗？下一本书也会发生同样的情形吗？对于那些只居住在一个而非两个世界的人，你要说什么？

什么都不说。你发几封电子邮件给写作的朋友，他们回复了。对，对，就是这样没错。这个回应给你安慰，但效果微乎其微。你忖度自己是不是疯了，然后想起如果你真的疯了，就不会纳闷自己是不是精神错乱了；你会相信自己神智正常。你会打电话给以前的老师。

我没有免疫系统。

我没有定义。

我没有。

还有藏在所有其他问题底下的大哉问。

万一没人再来呢？

老师没有答案，同事没有答案——那也是他们所有问题底下的大哉问。既然不知道角色出现的原因，也就不知道他们是否会回来。"这是信心的跳跃，"我朋友说，"我们从一个句子开始，必须信任他们会来把句子完成，我们顶多只能这样。"如果他们没走，就不会有空间给更多角色过来。

我写完第二本小说的时候，对那种离别已有心理准备。虽然那种打击并未因此稍减，但我确实没那么吃惊了。我们不是用黏土把角色创造出来，然后替他们建构人生和死亡。他们移入我们，为我们述说他们故事的文字。一等故事说完他们就离开，留下我们把失去他们的生活碎片捡拾起来，重新开始，与肉眼看不见的新生命建立新关系。他们的离开就是一种信号：时候到了，该说别的故事了。

这种悲痛肯定可以用神经学因素和扎实的认知科学来说明，但我个人的解释是，那些声音就像风一样，吹入我的身体，又从我体内离开。可是我在理性的原因里找不到喜悦。好几个夜晚，我躺在床上和角色聊天，与他们争论，替他们哭泣，用理性的原因是说不通的。理性的原因无法说明我从角色身上所学到的关于自己人生的事。对我而言，虚构之梦跟我血肉之躯的生活，两者同样真实。置身于这种生活、这个梦境时，我们会有珍贵的魔法可以拿来多方实验，而这种生活与梦境太过短暂，我们无法轻言放弃。

深度书写要求我们与自己的角色和故事建立深度关系，我们完成一个计划，要往下个计划去的时候，自然会体验到孤独的时刻，有时则是寂寞。要知道，这种反应是正常的。你是正常的。你完成了一部好作品，还会再写出好作品的。

吸气，吐气，微笑吧。

实作练习

1　你跟孤独的关系如何？孤独对你来说有什么意义？你如何度过

独处的时间？你用哪些分心事物把自己拉出孤独的状态？

2 有一个角色从童年以来就离群索居，请你从这个角色的观点写一段独白，表述他或她有什么话要说。

3 选一个你目前写得很吃力的角色，从他或她的观点写一段独白，检视他或她对失去与改变的看法。写出这个角色上一次陷入悲痛的故事。

4 从一棵树木或一种动物的观点写一段独白，检视"孤独"这个概念。

5 你的写作计划即将结束的时候，心里涌现出什么感受？你会抗拒终结吗？你会急着赶上前去试图控制它吗？写一写最近一个写作计划的"终结"过程。

6 写封感谢信给过去曾经拜访过你的那些角色。

7 创造一种仪式，标记写作计划的终结。

这个练习没有成规可循，找出对你来说别具意义的元素、时间和地点。

27　静定

> 正如抛弃旧衣裳，换上新衣裳，灵魂这个身
> 体的栖息者，也会抛弃死亡的身体，进入新生的
> 身体。
>
> ——《薄伽梵歌》2：29

终于。休憩的地方。真正屈服的地方。一如之前讨论过的所有事情，这个静定的源头就在你的内在。静定不在"外头"某个孤绝的峡谷里，你可以在拥堵的车潮或与朋友争论的当下找到静定。有位瑜伽老师说，当我们在练习的最后接近静止的地方时会知道，"这世界没有了你的帮助，哪怕只是片刻，依然继续转动"。对于摒弃"我们有能力控制事情"的责任感和信仰体系，这句话是有用的。让你的思绪如树叶般飘落，让你的身体释放紧绷感。

在我谈写作过程的这个点以前，如果你愿意，我希望你可以用自己的身体尝试一件事。可以的话，请平躺在地。如果你的背部有问题，可以在膝盖下垫一张毯子或枕头。双臂贴在身体两侧，掌心向上，让双脚张开。开始把注意力集中在呼吸上。吸气时一直数到三，停顿，然后吐气时发出"啊啊啊"的声音。没关系，没人在看你。多做两次，然后让自己的呼吸恢复正常。

试着把自己的身体当成空的，有如芦苇，它是让呼吸之波通过的隧道。除了呼吸之外，一切都逐渐流逝。往大地沉得更深。将肩膀上的负荷释放开来。你的手指动也不动，沉甸甸的。地板与下方的大地支撑着你，托着你。你只是呼吸，并随着呼吸之流进进出出。不要有所保留，不要有所抗拒，不要试图做任何事情。就这样躺上十分钟，然后缓缓让手指和脚趾动起来。

等你觉得准备好了，翻到身体右侧。呼吸。照着自己的速度慢慢坐起身来。等你准备好的时候，拿起笔开始写。什么都别说，不要离开你所处的房间，尽可能跟这份静定紧密相连。一写完就停笔。注意身心的静定，没有意图，没有欲望。当一个思绪冒出来，毫不眷恋地释放它。

同一个静定之处也会出现在写作过程里——如果你允许它出现的话。当我们有意识地察觉到它的存在时，总是倾向于逃离它。把这个静定的地方当成"止息"（kumbhaka），也就是你写作过程的"中介空间"。这个地方介于呼吸之间，介于有意识地"做"与有意识地"不做"之间。空荡、宽广、开阔。它是你在这次和为下一个计划或构想搭建桥梁之间的一次停顿。它给予你空间，让你释放已完成的东西，并且为了迎接即将到来的东西做好准备。

你可能已经注意到了，人类喜欢填满空出来的空间。我们喜欢马上着手处理新事务，或是将能量导向下一个更刺激的事物，因为静定的寂静会令我们害怕。待在原地一会儿。这是个中介的空间，网络从一面墙伸向另一面墙。不要担心，你不会困住的，你只要再次吸气，但是借由在此地流连，就是对自己完成的事情表示尊重。你把那个计划残留的事物清理干净，你净化自己的存在，这么做就是在准备面对意料之外的喜悦。我没办法给你密码、特殊钥匙或某种魔咒，好让你拨开这趟写作旅程的迷雾，但我可以给你的是古老的智慧：写作时，就写。嬉戏时，就嬉戏。爱的时候，就爱。全心体验自己道路上的每个部分，当从一个阶段步入另一阶段时，完全释放前一阶段，这样就能继续完全地进入每一个当下的时刻——这就是人生。那里并不会更好，没有最新的计算机程序，也没有更符合人体工学的椅子。

　　这就是人生，此地，此刻。不要因为渴望未来或留恋过去而对它视而不见。这就是它，它的全部，完整而全面。从这个空间，从这个完美之地，将你的故事带给世界。从身体、心灵与灵魂的结合统一体开始，动笔写吧。

后记

你可能会喜欢用这个"后记"来提醒自己写作过程中的那些关键元素。也许你可以把它贴在计算机上，或是写作桌的上方。但愿它可以帮助你维持焦点、觉知，让你对自己和你的旅程心怀怜悯。

写吧。

通过阅读、写作、与其他写作者互动、修订，打下自己的根基。

写吧。

延展自己。呈交作品。取回作品时，重读一次。看看你要怎么样让它变得更好、更强、更精确和更协调。再送出去。等它回来的时候，再读一次。继续下去。

写吧。

常常回到你的根基。如果你往前伸得太远，很容易对根本的东西视而不见。如果没有先让自己稳稳扎根，就会扑倒。

写吧。

延展。崩溃。延展。崩溃。延展。持续稳住。

写吧。

更深地进入你的基础工作。对白只练写一周，再来就要练习情节布局或塑造角色。持续专注在单一的技艺层面，看着它向你展现你意料不到的丰富内容。带着谦卑与欢笑，再次开始。

　　但愿你可以在自己的内在找到平衡，在你周遭的世界找到平衡；但愿每个行动都可以种下和平、连接和共同体的种子。

附录

　　在这趟写作与自我探索之旅中，你可以找到的精彩资源当然不只本书所提到的内容。这里搜集了我个人认为扎实探讨各种文类与两种主要书写阶段的基础书籍，以及一本教人如何出版自己作品的书。我也将瑜伽和禅修的参考书籍收录于此。这份书单的任何一本都可以给你一个起点，让你展开属于自己的探索。

● *The Poet's Companion：A Guide to the Pleasures of Writing Poetry.* Addonizio, Kim, and Dorianne Laux. New York：W. W. Norton and Co., 1997.

　　当代诗作的教科书，附有不少精彩的练习。适合草稿与修订阶段。

● *Fruitfesh：Seeds of Inspiration for Women Who Write.* Brandeis, Gayle. New York：HarperCollins, 2002.

　　以身体为基础的感官书写练习。适合草稿阶段。

● *Writing Fiction. 7th ed.* Burroway, Janet, and Elizabeth Stuckey-French. New York：Pearson Longman, 2006.

　　这是我目前所找到关于小说技艺的探讨书籍中，内容涵盖最广泛的一本书，各章收录了许多鞭辟入里的信息。适合打草稿与修订阶段。

● ***The Artist's Way***：***A Spiritual Path to Higher Creativity.*** Cameron, Julia. New York：Putnam, 2002.

启动创造力的绝佳指南。适合草稿阶段。（编注：有中译本《创作，是心灵疗愈的旅程》）

● ***The Hero with a Thousand Faces.*** Campbell, Joseph. Princeton, N. J.：Princeton University Press, reprint edition, 1972.

比较神话学家约瑟夫·坎贝尔的开创之作，讨论英雄的旅程、单一神话，以及神话在世界文化中所扮演的角色，极力推荐给每一个想写故事的人。（编注：有中译本《千面英雄》）

● ***Writing Dialogue***：***How to Create Memorable Voices and Fictional Conversations That Crackle with Wit, Tension, and Nuance.*** Chiarella, Tom. Cincinnati：Story Press, 1998.

有趣易读，揭露了文学对白的谜团。适合打草稿和修润阶段。

● ***The Places That Scare You***：***A Guide to Fearlessness in Difficult Times.*** Chödrön, Pema. Boston：Shambhala Publications, 2001.

以佛教徒的视角，提供读者处理内心黑暗地带的指导。（编注：有中译本《转逆境为喜悦：与恐惧共处的智慧》）

● ***Amrit Yoga and the Yoga Sutras***：***Amrit Yoga and Its Roots in Patanjali's AshtangaYoga.*** Desai, Yogi Amrit. Sumneytown, Penn：Yoga Network International, 2002.

针对古老瑜伽训示所提供的指引。

● *Beyond Thinking*：*A Guide to Zen Meditation*. Dogen. Boston：Shambhala Publications，2004.

日本最伟大禅师之一的实用训示。

● *The Yoga Tradition*：*Its History*，*Philosophy*，*Literature and Practice*. Feuerstein，Georg. Prescott，Ariz.：Hohm Press，2001.

关于瑜伽传统的概述，可读性高。

● *The Art of Fiction*：*Notes on Craft for Young Writers*. Gardner，John. New York：Vintage Books，1991.

经典之作。以朴实的角度切入小说写作，笔风强健。适合打草稿和修订阶段。

● *On Becoming a Novelist*. Gardner，John. New York：W. W. Norton and Company，1999.

聚焦于成为小说家需要具备的心理素质，对小说创作者来说极为引人入胜。适合打草稿和修订阶段。（编注：有中译本《成为小说家》）

● *Writing Down the Bones*：*Freeing the Writer Within*. Goldberg，Natalie. Boston：Shambhala Publications，2006.

启迪人心的国际经典，聚焦于草稿阶段。（编注：有中译本《写出我心》）

● *The Deluxe Transitive Vampire*：*A Handbook of Grammar for the Innocent*，*the Eager*，*and the Doomed*. Gordon，Karen Elizabeth. New York：Pantheon，1993.

加强文法的写作专书，读者也可以从中学到文法的复杂性。

适合修订阶段。

● ***The New Well-Tempered Sentence：A Punctuation Handbook for the Innocent，the Eager，and the Doomed.*** New York：Houghton Mifflin，1993.

充满说明句子层次的文法洞见，不涉及进阶的文法概念。适合修订阶段。

● ***Peace Is Every Step：The Path of Mindfulness in Everyday Life.*** Hanh，Thich Nhat. New York：Bantam，1992.

关于正念与慈爱的温柔指引。

● ***Write the Perfect Book Proposal：Ten That Sold and Why. 2nd ed.*** Herman，Jeff. New York：Wiley，2001.

实用度高，提供拟定写书计划以获得经纪人或出版商青睐的方法，适合修订阶段。

● ***Light on Yoga.*** Iyengar，B. K. S. New York：Schocken，1995.

瑜伽之道的深度探讨。（编注：有中译本《瑜伽之光》）

● ***Memories，Dreams，Reflections.*** Jung，Carl. New York：Vintage，1989.

这本书以回忆录为形式，荣格以容易亲近又极有价值的方式，探索如何揭露自己的潜意识。（编注：有中译本《荣格自传：回忆、梦、思考》）

● ***On Writing.*** King，Stephen. New York：Pocket，2002.

美国最多产作家之一针对写作基本关键技巧提供指导，笔风强健。适合打草稿跟修订阶段。（编注：有中译本《写作这回事》）

● *In the Palm of Your Hand：The Poet's Portable Workshop.* Kowit, Steve. Gardiner, Me.：Tillbury House Publishers, 1995.

　　卓越的诗作专书，附录若干练习。适合打草稿跟修订阶段。

● *Bird by Bird：Some Instructions on Writing and Life.* Lamott, Anne. New York：Anchor, 1995.

　　经典之作，读来轻松的作家人生故事。适合打草稿阶段。（编注：有中译本《关于写作：一只鸟接着一只鸟》）

● *Writing from the Body：For Writers，Artists，and Dreamers Who Long to Free Their Voices.* Lee, John. New York：St. Martin's Griffin, 1994.

　　以身体为基础的精彩练习，适用于各种文类的写作。适合打草稿阶段。

● *Fingerpainting on the Moon：Writing and Creativity as a Path to Freedom.* Levitt, Peter. New York：Harmony, 2003.

　　引导写作者认识写作内在风景的指南，文笔优美。适合打草稿阶段。

● *Be as You Are：The Teachings of Sri Ramana Maharshi.* Maharshi, Sri Ramana. Edited by David Godman. New Delhi, India：Penguin Books, 1992.

　　请留意阅读过程的感受。（编注：有中译本《走向静默，如你本然》）

● *The Yoga of Breath：A Step-by-Step Guide to Pranayama.* Rosen, Richard. Boston：Shambhala Publications, 2002.

　　广泛介绍"生命能量呼吸法"的指南。可读性强，适合入门。

● ***The Essential Rumi.*** Rumi, Jalal al-Din. New York：HarperCollins, 1995.

神秘的抒情诗作与散文。（编注：有中译本《在春天走进果园：来，让我们谈谈灵魂》）

● ***Inside the Business of Publishing：What Writers Need to Know.*** Simmons, Jerry. Scottsdale, Ariz., 2005.

可于作者网站 www. writersreaders. com 购得的自费出版著作。包罗万象的出版世界指南，在联络经纪人阶段尤具参考价值。适合修订阶段。

● ***Elements of Style. 4th ed.*** Strunk, William Jr., and E. B. White. New York：Longman, 2000.

谈论写作风格的权威指南，建议买它、读它、熟悉它。适合修订阶段。（编注：有中译本《风格的要素》）

● ***Zen Mind, Beginner's Mind.*** Suzuki, Shunryu. Boston：Weatherhill, 1973.

这或许是西方谈论禅学的书籍中，拥有最多读者的一本书，可作为写作之路的指南书。适合打草稿和修订阶段。（编注：有中译本《禅者的初心》）

● ***The Writer's Journey：Mythic Structure for Writers. 2nd ed.*** Vogler, Christopher. Studio City, Calif.：Michael Wiese Productions, 1998.

以约瑟夫·坎贝尔的英雄之旅为基础，是一本在写作过程中针对结构和情节处理的实用指南。极适合修订阶段。（编注：

有中译本《作家之旅：源自神话的写作要义》）

● ***The Way of Zen.*** Watts, Alan. New York：Vintage，1999.

适合想进一步认识禅学与哲学的写作者阅读。

● ***Clear Mind*, *Wild Heart.*** Audio CD. Whyte，David.
Louisville，Col.：Sounds True，2002.

诗人对写作过程与生活的诠释，读来自然怡人。适合打草
稿阶段。

● ***Inventing the Truth*：*The Art and Craft of Memoir.*** Zinsser，
William. New York：Mariner Books，1998.

杰出回忆录作家针对回忆录写作技巧的文章评论。适合打
草稿及修订阶段。

● ***On Writing Well*：*The Classic Guide to Writing Nonfction.***
30th anniversary ed. New York：HarperCollins，2006.

探讨非小说写作技艺的经典之作。适合打草稿及修订阶段。
（编注：有中译本《写作法宝：非虚构写作指南》）

● ***Meeting the Shadow*：*The Hidden Power of the Dark Side of***
Human Nature. Zweig，Connie，and Jeremiah Abrams. New York：
Tarcher，1991.

精彩集结各类文章，处理人类心灵的阴暗面议题，非专业
写作者也易于理解。